나는 나의 1순위

나는 나의 1순위

김다솔 · 명지연

강안별

나의 인생에서 나는 몇 순위인가요?

살면서 단 한 번도 내가 1순위인 적이 없는 사람도 있고, 언제나 내가 1순위인 사람도 있고, 어떤 날은 내가 1순위지만 또 다른 날에는 연인이나 부모, 혹은 직장에 1순위를 내어 준 날도 있을 겁니다. 다솔은 어렵게 간 미국 유학 중 남자친구에게 차여 며칠 밤을 새워 울던 날이었고, 학창 시절 그림 그리기를 좋아했던 지연은 미대 입시를 앞두고 부모님에 의해 그 마음을 접은 날이었습니다.

보통 우리가 무언가를 하려고 하면 여러 부류의 사람이 모입니다. 나를 응원하는 사람과 훈수하는 사람도 있지만, 반대하는 사람이나 좌절하게 하는 사람까지 만나기도 합니다. 그만하면 다행인데 사회의 기대에 부응하고 싶은 나의 마음이 있을 수도 있습니다. SNS 속 몇 년째 얼굴도 본 적 없는 지인의 모습과 나를 비교하며 선택의 기준이 바뀌는 경우도 있죠.

우리는 계속 타인과 함께 살아가야 하는데, 타인을 1순위에 두고 선택한 날에는 나에게 썩 떳떳하진 않습니다. 결과가 좋으면 다행이지만, 결과가 안 좋은 날에는 그 책임을 남에게 돌리거나 타인을 원망하게 되기 때문입니다.

그래서 선택을 앞두고 내가 좋아하고 싫어하는 게 무엇인지, 내가 정말로 원하는 게 무엇인지 내 마음을 들어보는 시간이 필요합니다. 그 과정을 통해 나를 애정하는 마음이 생기면 이는 자연스레 타인을 애정하는 마음의 씨앗이 됩니다. 내가 좋아하는 것과 싫어하는 것을 찾아가다 보면 타인이 좋아하고 싫어하는 것도 나의 기준으로 쉽게 평가하지 않고 있는 그대로 존중할 수 있어지니까요. 내가 무얼 좋아하고 싫어하는지 다 안다고 생각하다가도 누군가와의 대화를 통해 새로운 나의 취향을 깨닫기도 하죠. 그 깨우침을 주는 상대는 나를 잘 아는 주변인일 수도 있지만 나와는 처음 보는 낯선 이일 수도 있습니다.

이 책에는 독서모임에서 처음 만난 다솔과 지연이 서로에게 질문하며 무얼 좋아하고 싫어하는지 찾아가는 내용을 담았습니다. 여러분도 나의 인생에서 나는 몇 순위인지, 자신의 마음에 귀를 기울여보는 날이 되길 바랍니다.

balance

• 첫 번째 10문 10답 •

Q. 아래 10가지 개념을 나만의 언어로 한 문장으로 만들어 주세요.

A. 명
~~~~~~~~~~

· 독서모임 : 머리엔 책을 마음엔 사람을 담는 곳

· 사랑 : 주는 만큼 언젠가 돌아오는 것

· 우정 : 희로애락

· 글 : 가장 가까운 형태의 나

· 유튜브 : 가장 공유하고 싶은 나

· 취향 : 나의 정체성을 감각화하는 것

· 취미 : 못해도 재밌는 것

· 균형 : 안전장치

· 일 : 잘해야 하는 것

· 독립 : 되고 싶은 내가 되는 세계

A. 솔

- 독서모임 : 내 사고의 스펙트럼을 넓혀주는 곳
- 사랑 : 세상에서 제일 힘이 센 것
- 우정 : 효연이, 원석이
- 글 : 나를 더 온전하고 단단하게 만드는 것
- 블로그 : 10년 동안 나랑 같이 성장해 온 동지
- 취향 : 나를 더 궁금하게 만드는 것
- 취미 : 삶을 더욱 풍성하게 맛볼 수 있게 하는 것
- 균형 : 나랑 제일 잘 지내고 싶은 상태
- 일 : 더 넓은 세계로 성장시켜 주는 플랫폼
- 독립 : 나만의 우주

Chapter 1
독서모임에서 만난 여자들

멍에게 독서모임은
'머리엔 책을 마음엔 사랑을 담는 곳'이고
솔에게 독서모임은
'내 사고의 스펙트럼을 넓혀주는 곳'입니다.

파프리카에서 완벽한 타인을 만났습니다

멍 쏨

나는 오랫동안 주로 나에 대해 글을 썼다. 사람과 사람 사이에선 슬픔을 나누어 약점이 되고 기쁨을 나누어 질투가 되는 일이 잦았다. 각자의 리듬으로 생의 주기를 지나올 때 비교하는 마음 없이 그저 바라보고 기다림으로 지탱해 주는 일들이 관계 안에선 쉽지 않아 보였다. 그런 나에게 글은 고맙게도 고요히 손을 내밀어 주었다. 몸과 마음은 분명 내 것인데 온전한 내 것 하나 다루지 못하는 나를 만날 때 글이 쓰였다. 그 내밀한 속삭임이 좋아 기쁜 날보다 슬픈 날에 글을 썼다. 나를 해결하기 위해 남을 만나고 내가 만든 기대가 채워지지 않아 남이 미워지는 일들을 끊어내고 싶었다.

나는 독서모임에서 다솔을 완벽한 타인으로 만났다. 나에 대한 글만 쓰고 좋아하는 장르만 편식하며 읽기가 지겨워질 즈음이었다. 좁고 깊은 관계를 좋아한다고 말하면서도 오랜 시간 맺어온 관계 속에서 정의하기 어려운 감정을 쌓아가고 있는 즈음이기도 했다. 해결되지 않은 나를 조우하던 날들, 큰 기대 없이 참여했던 독서모임의 대화에서 일종의 해소감을 느꼈다. 그곳에선 학연과 지연으로 관계가 구속되지 않았다. 우리는 안전하게 서로의 기쁨과 슬픔을 나눌 수 있었다. 특별히 상대가 어떤 배경과 직업을 가졌는지도 궁금해하지 않았다. 취향과 가치를 중심으로 과거보다 현재에 집중해 대화할 수 있었다. 그 진한 대화의 경험들이 몇 차례 쌓이고 나니 나는 독서모임을 끊을 수 없게 되었다. 그리고 느슨한 연대만이 존재할 거라고 생각했던 독서모임에서 다솔을 만나 함께 글을 쓰게 되었다.

내가 다솔과 글을 쓰고 싶었던 건 우리가 아주 다르고 그만큼 같은 사람으로 보여서였다. 달라 보이는 현상들 속에 같은 태도를 지니고 살아가는 다솔이 그곳에 있었다. 인터뷰를 진행하며 알게 된 사실이지만 내가 예상했던 것 이상으로 다솔과 나는 사건을 해석하는 시선이 닿아 있는 부분이 많았다. 다솔과 나의 관계를 생각하면 마치 다른 방향에 서서 하나의 점을 응시하는 그림이 그려졌다. 그 시간은 우리 안의 독서모임을 연장하는 기분이었고 느슨하기만 할 거라고 믿었던 우연이 인연이 되어간 과정이었다.

멍   다솔님은 어떻게 독서모임을 시작하게 되었어요?

솔   처음에는 지인 추천으로 별생각 없이 시작한 것 같아요. 한 편으론 웃기다고 생각하기도 했어요.

멍   독서모임이 웃기다니, 그게 무슨 뜻이에요?

솔   서로 누군지 잘 모르는 다 큰 어른들이 한자리에 모여서 책을 놓고 토론 한다는 게⋯ 낯간지럽다고 해야 할까. 100분 토론이야 뭐야⋯ (웃음) 제가 대학교 때 〈발표와 토론〉이라는 강의를 '발리고 토하는 수업'이라고 부를 정도였으니. 그간 토론에 대해 좋지 않은 인식이 있기도 했죠.

멍 하하. 발리고 토하는 수업이라니. 그러고 보니 성인이 된 이후엔 술자리에 참여하지 않으면 새로운 사람을 만나서 생각을 나눌 기회가 적은 것 같아요.

솔 맞아요. 독서모임은 맨정신으로 진한 대화들이 오가는 게 저도 신기하다고 여겼던 것 같아요.

멍 지금의 다솔님한테 독서모임은 어떤 의미가 되었어요?

솔 저는 독서모임이 '내 사고의 스펙트럼을 넓혀주는 곳'인 것 같아요. 2018년부터 독서모임에 참여했는데 함께 책을 읽고 에세이를 쓰는 모임, 그리고 사이드 프로젝트와 브랜딩을 배우는 모임을 했어요. 오랜 시간 블로그를 하면서 글쓰기를 좋아했거든요. 사이드 프로젝트는 '주'업 외 '부'업에 대해 이야기를 나누는 모임이었는데 제가 직접 디자인한 티셔츠를 블로그에 판매할 수 있게 된 모임이었고요.

멍 와, 그렇군요. 듣기만 해도 엄청 다양하고 재미있어 보여요!

솔 맞아요. 실제로 참 즐겁게 했던 것 같아요.

멍 독서모임이 지루하고 따분할 것이라는 첫인상이 있었다면 다솔님이 경험한 독서모임은 오히려 그 반대였네요?

솔 네. 혼자라면 하지 못했을 생각과 행동을 하고 세상에 이렇게 멋진 사람들이 많구나, 하고 자극을 받으니까. 제 생각과 경험이 넓어지는 게 도전적이고 재미있었어요.

멍   그럼 〈파프리카〉는 어떤 이유로 선택하셨어요?

〈파프리카〉는 우리가 만난 독서모임의 이름이다. 우리는 그곳에서 토론의 장르와 주제를 구분 짓지 않고 에세이, 소설, 과학, 사회 분야의 책들을 고루 읽었다. 내가 원하지 않는 책이 선정되더라도 기꺼이 그 책을 함께 읽고 즐거운 마음으로 토론을 하는 특별한 독서모임 방식이었다.

그 과정에서 우리는 혼자선 결코 원하지 않았을 책을 반강제로 읽게 되기도 하는데, 모순적이지만 거기에 희열이 있다. 왜냐하면, 경계 없이 책을 읽는 마음의 원형에 귀 기울여 보면 거기에는 내 판단이 틀릴 수 있다는 믿음이 있기 때문이다. 내가 좋아하는 장르만, 나에게 편안한 대화만 하지 않기를 바라는 진실된 마음.

그리고 우리가 경험한 독서모임에서는 진행자이자 리더로 역할 하는 사람을 모임의 '파트너'로 불렀다. 나는 다솔을 그 '파트너'로 만났다.

솔   독서모임을 2년 정도 하고 있었는데, 이번엔 온전히 새로운 모임을 해보고 싶다는 생각이 들었거든요. 그래서 우리 안의 편견을 발견해 보자는 지향점을 가지고 있던 〈파프리카〉에 눈길이 가더라고요. 독서모임을 시작할 땐 에세이, 사이드 프로젝트처럼 제가 좋아하는 소재만 끌렸거든요? 근데 이제는 조금 다른 차원으로 가보고 싶었달까. 참, 그리고 엉뚱하게도 야채 이름을 갑자기 독서모임 이름으로 지어낸

점도 웃기다고 생각했어요.

멍 　하하. 맞아요. 저는 그래서 처음에 F&B나 비건 라이프스타일을 다루
는 독서모임인가 하기도 했다니깐요? 보통 '무슨 법칙', '어떤 성장' 같
은 딱딱한 단어들로 이루어진 독서모임은 많이 봤어도 어떤 규칙도
없이 〈파프리카〉라니.

근데 막상 모임을 하고 나니까, 잘 어울리는 이름이었다는 생각이 들
어요. 책을 읽고 대화하면서 '편견을 없애는' 방식이 꼭 엄마가 아이
의 균형 잡힌 영양 식단을 생각해서 오므라이스에 몰래 파프리카를
숨겨두고 맛있게 먹이는 방식과 유사한 것 같기도 하고요. (웃음)

우리가 참, 장르 편식도 없고 편견에 맞서는 책을 많이 다룬 것 같아

요. 〈나는 울 때마다 엄마 얼굴이 된다〉 같은 에세이도 읽고 〈두 도시 이야기〉 같은 소설도 읽고… 〈우리는 마약을 모른다〉 같은 독특한 인문 서적도 읽었잖아요?

솔 하하. 맞아요. 우리에게 있는 편견을 걷어보자고 되뇌면서 독서모임에 열중했었죠.

멍 다솔님은 '편견'을 어떻게 정의할 수 있을 것 같아요?

솔 (잠시 골똘히 생각하다) 저는 편견이 없다는 건 '내가 바뀔 수도 있다고 믿는 마음' 같아요.

멍 내가 바뀔 수 있다고 믿는 마음이라.

솔 네. 오늘의 내가 내일의 나와 다를 수 있다는 걸 인정하는 마음인 거죠!

멍 그럼 같은 말로 편견이 있다는 건 '오늘의 내가 바뀌지 않을 것이라고 믿는 마음'이라고 볼 수 있겠네요?

솔 그렇네요? 미래의 나를 오늘의 내가 가장 잘 알고 있다는 확신일 수 있겠어요.

멍 음, 그걸 조금 더 들어가 보면 결국 '믿고 싶은 것만 믿는 마음' 이지 않을까요? 인생은 길고 우리는 그 속에서 사건·사고들을 계속 선택하면서 변화할 텐데. 미래의 가능성은 배제해 두고 오늘의 내가 믿고 싶은 미래의 내 모습을 확신하는 거죠.

솔 믿고 싶은 것만 믿는 마음이라… 그렇네요.

편견이 무엇이냐고 묻는 나의 질문에 다솔은 자신이 바뀔 수 있다고 믿는 마음이라고 했다. '편견'이 무엇이냐 물었는데 다솔은 너무 자연스레 '편견이 없는' 상태를 묘사했다. 그가 낳은 문장만 보아도 다솔은 이미 편견으로부터 자유로운 사람 같았다. 단어를 자신의 세계로 들여와 동사를 빌어 해석하고 과거를 배움으로 인식하는 그녀의 삶을 꼭 닮은 대답이다.

멍　우리가 많은 책을 함께 나눴는데 다솔님은 그중에 〈우리는 마약을 모른다〉를 제일 재미있게 읽었다고 하셨죠? 편견을 정면 돌파해 보자고 말하는 책 같았던. 아주 〈파프리카〉스러운 책이었어요.

솔　네. 저는 평소에 위스키 바에서 시가 피는 걸 재미있는 경험으로 생각하는데요, 유연한 맥락에서 만약 마약이 합법화된다면 어떨까 호기심이 생겼어요. 책에서 보면 심지어 대마초는 커피나 알코올보다도 중독성이 약하다잖아요? 물론 불법으로 마약을 하고 싶은 생각은 전혀 없습니다만.

멍　호기심이라는 단어를 좀 더 깊게 들어가 보고 싶은데. 그건 경험치를 뜻하는 것일까요?

솔　네, 맞아요. 어떤 말로는 제가 무용담 이야기하는 걸 좋아한다고 말할 수 있을 것 같아요.

우리는 수많은 독서모임 중 우연으로 만났다. 그런데 사실은 우연을 가장하고 우리의 본질과 가장 가까운 모임에서 서로를 알아챘는지도 모른다는 생각이 들었다. 우리는 〈파프리카〉에서 경계 안의 나를 조금 덜어내고 그

여백에, 남을 우리 안에 들여놓는 방법을 배우게 되었다.

다솔은 커피는 아이스만 마신다는 이야기를 맥락 없이 하기도 했다. 그 이유가 빨대로 아이스 커피를 들이켤 때의 기분과 상태를 좋아하기 때문이라고. 시가와 위스키 바를 신기해하고 빨대로 커피를 들이켜는 다솔이라.

다솔의 입가엔 작고 밝은 보조개가 짝으로 있다. 어느 한쪽이 더하거나 덜하지 않고 짝을 이룬다. 커피를 마시며 시원하게 웃는 다솔을 상상하며 나는 〈이상한 나라의 앨리스〉가 스쳐 갔다.

다솔이는 다 해보고 싶어!

우리는 일주일에 딱 한 번 두 시간씩 인터뷰를 합니다

솔 쓺

5년 전 힙합 뮤지션을 인터뷰한 적이 있다. 그 당시 다니던 회사 행사에 그를 섭외했고, 나는 사전 미팅을 잡아 그와 인터뷰를 진행하게 됐다. 그는 성공한 앨범을 여러 장 냈고, 곡 제목만 들어도 누구나 멜로디를 아는 명곡들도 갖고 있었다. 나는 그의 앨범을 들으며 학창 시절을 보냈고, 그는 힙합 계에서 알아주는 뮤지션이자 여러 방송에 나오며 대중들에게 사랑을 받고 있었다. 방송에 비추어진 그의 모습을 보았을 때 내가 아는 유명 연예인 중에서도 꽤 행복하게 사는 축에 속했다. 그와의 인터뷰를 준비하며 그에게 '행복'이란 무엇이라고 생각하는지 물어보겠다고 다짐했다.

인터뷰 날, 그의 음악 작업실에서 30분 정도 즐겁게 인터뷰를 했고 나는 마지막 질문으로 "행복은 뭐라고 생각하세요?"라고 질문했다. 질문을 하자 화기애애하던 인터뷰의 앞 공기와는 다른 어색한 5초간의 정적이 흘렀다. "질문이 너무 어렵네요"라고 그가 답했다. 겸손하면서도 막힘 없이 자기 생각을 말하던 그가 처음으로 질문이 어려워 대답을 못 하겠다고 했다.

침묵이 흐르고 잠시 그의 대답을 기다리다 그를 괜히 곤란하게 만든 기분이 들어 이번 질문은 넘어가자고 했다. 질문을 넘기고는 마무리 미팅을 하는 중에도 그는 몇 번이나 "그 질문을 받으니 머리가 멍해졌어요. 행복이 뭘까요, 정말?"이라며 중얼거렸다.

모든 인터뷰를 마치고 그의 저서를 준비해가서 맨 앞 장에 사인을 부탁했다. 책을 받은 그는 싱긋 웃더니 사인과 함께 한 줄의 문장을 적었고, 그 문장에는 '늦게 해도 됨'이라고 적혀있었다. 작업실을 나오며 몇 번이고 책을 펼쳐 그 문장을 다시 읽어보았다. 내 눈에 그 문장은 '행복, 늦게 찾아도 됨'이라고 읽혔다. 나의 마지막 질문에 대한 그의 대답이자 그를 멍해지게 했던 고민의 방향일 거라 짐작했다. 타인에게 질문을 받는 것만으로도 사고의 스펙트럼이 넓어지는 경험을 할 수 있다. 내가 나에게 던질 수 없는 질문을 타인은 던질 수 있기 때문이다.

우리는 인터뷰를 하기로 했다. 일방향이 아니라 쌍방향으로. 인터뷰 파트너인 지연과 나는 일주일에 딱 한 번 두 시간씩 인터뷰를 했다. 만나는 장소는 주로 남산 근처 식당, 카페, 때로는 나의 집에서 만났다.

지연을 처음 만난 곳은 독서모임이었다. 지연은 독서모임에 참여하는 멤버였고, 나는 독서모임을 진행하는 파트너였다. 총 여덟 번의 독서모임을 했는데 모임 날이면 지연은 언제나 은은하게 반짝이는 진주 귀걸이를 하고 나타나 모임방 문을 조용히 열고 들어왔고 스무 명의 멤버들 틈에 섞여 앉았다. 모임을 시작하고 지연이 천천히 입을 때 책에 대한 이야기를 시작하면 하나둘 그녀의 존재를 눈치채는 게 느껴졌다.

지연이 특별하게 보이기 시작한 건 세 번째 독서모임부터였다. 에드워드 글레이저의 〈도시의 승리〉라는 책에 대한 독서모임이었다. 책의 묵직한 두께 때문인지 어려운 발제문 때문인지 멤버들은 곤란해하는 표정들을 가지고는 모임방에 둘러 앉아있었다. 그런 날이면 누구나 쉽게 발언을 하지 않으려고 해서 파트너인 나도 분위기에 휩쓸려 진땀을 빼게 된다. 적막이 이어지던 두 번째 발제문부터였을까. 지연에게 질문이 던져졌는데 질문을 받은 지연은 잠깐의 텀을 두고 생각하더니 이내 본인의 평소 생각들을 일상적인 언어로 꾸려 멤버들에게 공유해주었고, 지연이 편하게 이야기를 하자 사람들도 꽁꽁 숨겨두고 망설이던 생각들을 꺼내놓기 시작했다. 지연이 어려운 책을 쉽게 해석해주어 토론의 레벨을 맞춰준 날이었다.

다섯 번째 모임이었던 〈두 도시 이야기〉라는 소설책을 같이 읽고 모인 날에는, 한 멤버가 예상치 못하게 흐름에 맞지 않은 이야기를 꺼내 분위기가 잠시 들떴었는데 그때에도 지연이 멤버에게 새로운 질문을 역으로 건네주어 공기를 환기시켜주었다. 지연은 쉬운 책이든 어려운 책이든 본인만의 시선으로 참신하게 바라보고 멤버들에게 새로운 관점을 주었다. 독서모임을 마무리할 때쯤엔 서로 오늘 독서모임의 소감을 공유하는 시간이 있는데, 지연은 '설레고 두근거렸어요', '따뜻했어요' 등의 말랑한 소감을 전하며 모임 분위기를 몽글몽글하게 만들었다. 지연이라는 히든카드를 손에 쥔 나는 토론이 끊길 때면 지연에게 자연스레 질문해서 남몰래 파트너 역할의 무게를 덜곤 했다.

나중에 지연을 인터뷰하며 알게 된 사실이지만 그녀는 내가 생각한 것처럼 차분하거나 조용하기만 한 사람은 아니었다. 아이유에 대해서 이야기할 땐 눈이 반짝반짝 빛나거나 흥분하기도 하고, 초등학생 때는 전교 회장을 해본 화려한 커리어에, 대학생 때는 창업 동아리에도 합류할 만큼 적극적인 불꽃을 품은 사람이었다. 대학을 졸업하고 스물 중반을 지나며 일상을 살아내다 보니 무엇에든 적극적이던 열정가보단 뒤에서 묵묵히 밀어주는 충성가의 길로 방향을 바꾼 사람이라고 했다.

마지막 독서모임 뒤풀이까지 마친 날, 나는 지연에게 오늘도 모임에 고생이 많았다고 메시지를 보냈고, 돌아오는 답변에 지연의 데이트 신청이 들어있었다.

"저 다솔님하고 하고 싶은 이야기가 있어요"

독서모임 멤버들과의 일대일 만남을 즐기진 않지만, 독서모임 내내 파트너의 짐을 덜어주었던 지연이 고맙기도 했고 나와 나누고 싶은 이야기가 어떤 이야기일지 궁금증이 앞섰다. 심지어 최근 나는 지연이 살던 용산으로 이사하기도 했기 때문에 평일 점심시간에 잠시 브런치 가게에서 이야기를 나누기로 했다. 지연은 파랑색 포스트잇 한 장을 달랑 들고 왔고 나와 인터뷰를 하고 싶다고 했다. 그 포스트잇에는 주황색 형광펜으로 일, 사랑, 우정, 균형, 독서모임, 꿈, 취향 등의 단어들이 적혀있었다. 우리의 인터뷰 주제들이었다.

그렇게 성사된 첫 인터뷰 날, 우리는 숙대입구역 골목 어귀에 있는 조그만 레스토랑에서 만났다. 파스타와 리조또를 시키며 나는 레드 와인 한 잔을 시켰고, 지연은 카페인엔 약하지만 라떼는 먹고 싶다며 따뜻한 라떼 한 잔을 시켰다. 그리고 약속에 오기 전 〈명랑한 은둔자〉라는 책을 읽고 있었다고 했다.

멍   〈명랑한 은둔자〉라는 책을 읽고 있는데요. 고립과 고독은 한 장 차이라고 하는 부분이 인상 깊더라고요.

솔   만나자마자 '고립'과 '고독'에 대한 이야기를 하네요. 지연님은 집에 혼자 잘 있는 편이에요?

멍   아, 제가 그랬군요! 네, 혼자 잘 있어요. 집에서도 할 일이 정말 많아요. 근데 요즘 드는 생각이 이런 생활을 유지하다가는 나도 모르는 새에 정말 고립될 수도 있겠더라고요. 저는 고독을 은근 즐기는 사람이기도 해서 고립에 빠져버릴까 봐 걱정됐어요. 어렸을 때부터 한 동네에서만 오래 살았고 직장도 버스 타면 집에서 10분 거리이다 보니까 이 동네를 벗어나기가 힘들어요.

솔   전 최근에 독립해서인지 이틀 정도 혼자 집에 있으면 오래 있는 거예요. 이틀째부터 밖에 나가고 싶고 사람이 너무 그리워져요. 그래서 지연님처럼 혼자 오래도록 잘 있는 사람이 부러워요.

명 　보통 '무언가를 열렬히 좋아하는 사람'들은 혼자 있는 시간이 많은 거 같아요.

　그리고 지연은 라떼 한 모금을 마셨다.

솔 　지연님, 저한테 글을 같이 쓰자고 했을 때 인터뷰 포맷을 제안했는데 이유가 있어요?

명 　유튜브를 하고 있으니까 평소 영상을 많이 다뤄요. 영상은 직접 출연 하니 친근해서 좋지만, 편집 과정을 거치면 아무래도 정제되어서 나 오더라고요. 반대로 글은 속마음을 솔직하게 이야기할 수 있어 좋은 데, 한편으로는 독백이라 독자와 소통하는 느낌을 받기 어렵다고 생 각했어요. 딱 그 중간이 인터뷰 포맷이더라고요. 내가 인터뷰어가 되 기도 하고, 또 반대로 인터뷰이가 되기도 하는 거. 그 과정에서 대화 를 나누다 보면 한 가지 주제에 대해서 자연스럽고 깊이 있게 나눠볼 수 있겠더라고요.

솔 　그럼 인터뷰에 담기고 싶은 지연님 모습이 있어요?

명 　다솔님 눈으로 보는 '명지연'이라는 사람이 어떨지 많이 궁금하고 기 대대요. 그리고 꼭 다솔님하고 하고 싶었어요. 인터뷰를 하려면 상대 에 대해 많이 궁금해해야 하거든요. 궁금해지려면 그 바탕엔 애정이 있어야 하고요. 다솔님과 독서모임을 하고 또 몇 번의 대화를 나누 다 보니 우리가 비슷하면서도 다른 사람이라는 생각이 들었어요. 그러면서 대화의 결도 맞았고요. 다솔님은 저한테 더 알고 싶고 궁금하고 애정이 가는 사람이라. 딱 다솔님이랑 이걸 하면 재밌겠다는 상상이 되는 거예요.

솔 이 정도면 지금 저한테 고백한 거죠?

멍 하하! 다솔님. 우리 같이 하는 독서모임보다 다솔님이랑 인터뷰하는 게 더 재미있어지면 어떡하죠?

　

고백이냐는 물음에 지연은 빵 터져 한참을 꺄르르 웃었다. 그녀의 솔직한 답변에 고백을 받은 것처럼 설레었다. 누군가에게 더 알고 싶은 궁금한 사람이 된다는 것, 본인이 하고 싶은 무언가를 '같이' 하고 싶은 상대가 됐다니.

　

인터뷰를 마친 다음 날 아침, 카페에 가서 괜히 어제 지연이 마신 따뜻해 보이던 라떼 한 잔을 시켜 집까지 들고 걸어왔다. 집에 도착해서 뚜껑을 열어보니 따뜻한 아메리카노로 잘못 들고 왔는데, 안에 든 아메리카노가 날 쳐다보며 '네가 무슨 라떼야'라고 비웃는 듯 보였다.

Beer

faith

balance

Me

Chapter 2
20대는 한 번으로 족합니다

솔에게 사랑은
'세상에서 제일 힘이 센 것'이고
멍에게 사랑은 '주는 만큼 언젠가 돌아오는 것'입니다.
솔에게 우정은 '효연이, 원석이'이고
멍에게 우정은 '희로애락'입니다.

괜찮아, 사랑이야

솔 쓤

해가 바뀌었다. 나는 스물아홉을 지나 서른이 되었고 지연은 한 해 먼저 서른이 되었다. 새해 첫 인터뷰 장소는 나의 집이었다. 우리는 인터뷰를 하기 전 충분한 에너지를 비축하기 위해 맛있는 식사를 함께했다. 새해 기념 저녁 메뉴는 떡볶이였다. 지연을 기다리며 떡볶이에 넣을 계란을 삶고 에어프라이어에 군만두를 바삭하게 돌려놓았다.

나의 집 현관에 도착한 지연의 양손에는 집들이 선물로 보이는 종이백이 있었다. 종이백 안에는 커다란 종이 포스터가 들어있었다. 빨갛고 큰 러그 위 흰색 테이블 그리고 풀과 책이 가득한 집. 크고 긴 다이닝 테이블에 앉아 푸짐한 식사를 나눠 먹고 있는 사람들. 사람들을 초대하고 함께 음식을 나눠 먹는 그림을 보니 내 생각이 났다고 했다. 선물을 주면서 '이걸 보니 너 생각이 나서'라는 멘트라니. 반칙이다.

내가 주로 친구들과 음식을 나눠 먹는 흰색 테이블 옆 주방에 지연이 준

포스터를 붙였다. 이내 지연은 디저트로 먹을 동그란 초코맛 롤케이크와 스콘을 종이백에서 마저 꺼냈고, 모카포트로 카푸치노를 만들어 주겠다며 우유 거품기까지 가져왔다. 저녁으로 떡볶이를 먹고 난 뒤 모카포트 커피가 끓는 소리를 배경으로 인터뷰를 시작했다. 이제 둘 다 30대가 된 새해와 걸맞은 완벽한 저녁 만찬이다.

솔 연말에 뭐 하고 보냈어요?

멍 이번 연말에는 드라마 〈괜찮아, 사랑이야〉를 8부까지 보고 왔어요. 좋아하는 드라마는 여러 번 다시 보는데 특히 시나리오 집이랑 같이 읽는 걸 좋아해요! 시나리오에는 있는데 드라마에서는 삭제된 컷도 보이고, 지문에는 없는데 배우들이 애드립으로 더 재미있게 씬을 살리는 걸 캐치해 내는 것도 재밌어요.

솔 시나리오랑 드라마를 같이 보는구나! 특히 그 드라마에서 좋아하는 장면이 있어요?

멍 각자 다른 트라우마를 안고 살아온 정신과 의사 해수랑 유명한 소설가 재열이 서로가 안고 있는 상처를 알게 되고 점점 친해지면서 나눈 대화 장면이 있어요.

「해수 : "너도 사랑 지상주의니? 사랑이 언제나 행복과 기쁨과 설렘과 용기만을 줄 거라고?"
재열 : "고통과 원망, 아픔과 절망과 슬픔과 불행도 주겠지. 그리고 그것들을 이길 힘도 더불어 주겠지. 그 정도는 돼야, 사랑이지"」
– 드라마 〈괜찮아, 사랑이야〉 중

솔　드라마 작가가 노희경 작가님이라고 했었죠? 저 노희경 작가님의 〈그들이 사는 세상〉 드라마를 정말 좋아했어요. 수능 보고 나서 온종일 방 침대에 누워 드라마 정주행하면서 오열했던 기억이 있어요.

멍　맞아요. 어떻게 저런 구절을 쓸 수 있을까요? 〈괜찮아, 사랑이야〉에서 두 남녀 주인공이 트라우마를 극복하고 한계를 벗어나려고 노력하는 모습들이 정말 좋았어요. 전 스스로 한계를 벗어나려는 사람들을 보면 눈물이 나요. 우리 독서모임에서 같이 읽었던 소설 〈두 도시 이야기〉에 의사 직업을 가진 아버지가 나오잖아요. 그 아버지는 과거에 원인도 모른 채 어두운 성에 아주 오랜 시간 갇혀있었던 탓에 성에서 풀려나온 후에도 갇혀 지냈던 트라우마로 정상적인 일상을 지속하는 게 어렵죠. 그러다 아주 가끔 가족들 앞에서만 정상적인 행동을 해요. 과거에 비정상적인 트라우마를 겪었으면 비정상적인 생활을 하는 게 오히려 정상인 건데, 사람들은 정상인인 척 살아가려 해요. 그게 더 어려운 거잖아요. 세상이 너무 쉽게 정상과 비정상을 선 그어 나누어 놓은 것들이 있어요. 이 드라마가 그걸 흔들어놓은 점이 매력적이었어요.

〈괜찮아, 사랑이야〉에서도 주인공이 겪었던 트라우마를 보니 마음이 아팠는데요. 남자 주인공 재열 집에 걸어둔 낙타 그림에 대한 설명 장면이 있어요. 사막에 사는 낙타는 평생 도망가는 일이 없대요. 낙타의 주인은 깜깜한 밤이 되면 잠을 자러 가면서 끈으로 낙타를 나무에 묶어둬요. 그리고 아침 해가 뜨고 잠에서 깨면 그 끈을 풀어주고요. 그런데 이상하게도 아침의 낙타는 아무 데도 도망가지 않아요. 묶여 지냈던 밤의 기억이 낙타한테 트라우마가 되어 끈이 풀려도 도망갈 생각을 하지 않는 거죠. 사람들은 낙타처럼 자기만의 트라우마를 안고 살아가는 것 같아요.

우리 처음 인터뷰 한 날, 다솔님이 예전 연애 이야기를 했었잖아요. 이야기를 들어보니 그 당시의 다솔님 되게 아파 보였거든요. 그 일이 다솔님 인생에서 하나의 트라우마가 될 수도 있을 거라 생각했어요. 그 생각을 하니까 주책맞게 눈물이 나더라고요. 그리고 동시에 다솔님이 저한테 솔직하게 얘기해준 점에 대해서도 놀랐어요. 솔직할 수 있다는 건 상대방한테 신뢰가 있다는 거니까. 알게 된 지 얼마 안 된 저한테 속 이야기를 털어놔 준 것이 고마웠어요.

솔 　맞아요. 그날 지연님이 갑자기 눈물 흘려서 놀랐다니까요! 울고 싶은 건 저였는데. 하하. 연애할 때 지연님은 어떤 가치가 중요해요?

멍 　연애할 때 상대방과의 신뢰가 제일 중요하다고 생각해요. 연애를 시작하면 완전히 상대를 신뢰하거든요. 상대방의 단점을 발견해도 '괜찮아. 좋아지겠지' 하는 한번 믿어보고 싶은 마음이 생겨요. 그러다 보면 자기합리화를 하게 되죠. '원래 인생은 불확실한 거니까. 불확실한 우리 미래도 함께하면 이겨낼 수 있을 거야. 우리 앞에 선택지가 많다는 건 그만큼 가능성도 있다는 거니까!' 하면서요. 연인과 함께라면 어떠한 미래가 와도 같이 이겨낼 수 있다고 상대방에게 믿음을 주는 편이에요. 때론 상대방이 오히려 그런 제 마음을 부담스러워할 때도 있었지만요.

솔　연인에 대한 엄청난 신뢰네요.

명　네, 중요해요. 함께 보내는 시간과 둘만의 대화, 이런 것들이 쌓이는 만큼 관계에서 신뢰도 쌓여요. 신뢰가 쌓여서 점차 깊어지면 애착의 단계로 넘어가기도 하죠. 근데 상대방에게 애착이 생기게 되는 시점부터 연애가 어려워져요.

저는 많은 사람과 관계를 맺는 편은 아니어서인지 사람을 만나서 관계를 맺을 때는 시작하는 입구가 좁아요. 입구는 좁지만 한 번 들어가면 그 길은 아주 멀리까지 길게 나 있어요. 그래서 다시 돌아가거나 빠져나갈 구멍이 없죠.

'사람을 많이 만나봐야 연애를 잘한다'라는 이야기가 있잖아요. 전 그 말이 동의가 안 돼요. 사람을 많이 만나보는 건 한 사람한테만 오롯이 집중할 수 있는 시간이 줄어든다는 거니까. 사람을 많이 만나다 보면 지금 만나는 사람과의 관계의 깊이가 줄어들 거예요. 그럼 재미없더라고요.

솔　신뢰가 깊어지는 과정에서는 기쁨도 있고 슬픔도 있을 것 같아요.

명   그렇죠. 나와 상대방 두 명의 인생을 두 개의 직선이라고 하면요. 이
      두 직선은 같은 방향의 직선이 아니라 수많은 직선 사이를 오가며 만
      나게 될 교차점을 찾고 있는 것 같아요. 각자의 직선들은 다른 선들
      이랑 겹쳐지거나 부딪치기도 하면서, 두 직선 사이의 간격이 넓어졌다
      가 좁아지다가 어느 시점에는 딱 교차점으로 만나는 거죠. 마치 꽈배
      기 모양처럼요. 두 직선이 처음 교차점에서 만났을 때 서로를 알아본
      다면, 그 순간 연애가 시작돼요. 한 번 교차점에서 만나면 다시 멀어
      질 수도 있고 아니면 겹쳐진 채로 같이 평행하게 이동할 수도 있겠죠.
      그 뒤의 이야기는 아무도 모르지만. 두 사람 사이의 교차점이 멀어지
      는 위기가 와도 미래의 어느 교차점에서 다시 만나겠다는 두 사람 사
      이의 믿음만 있다면 다시 만날 수도 있는 것 같아요.

솔   내 직선 위로 지나가는 수많은 선을 뒤로하고 겨우 만난 지점에서 다
      시 멀어지는 상대를 바라보는 일도 결코 쉬운 일이 아닐 텐데.

명   맞아요. 우리는 같이 평행이동할 수 있다고 믿음을 주어도, 그 믿음이
      부담스러워 떠나가는 연인도 있는걸요. 참 연애가 난제에요.

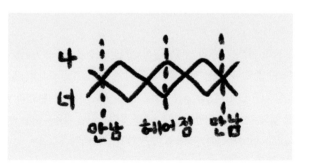

반듯한 선에 대한 지연의 이야기를 들으며, 나는 어두운 터널을 달리는 멈추지 않는 기차를 생각했다. 기차는 굳세어진 표정으로 종착역을 향해 비가 오나 눈이 오나 연료를 때어 달릴 수 있어 보였다. 좌충우돌하는 관계 속에서도 목적지에 대한 확고한 믿음으로 멈추지 못하는 기차. 드라마 〈괜찮아, 사랑이야〉 속 재열의 대사처럼, 지연은 사랑이 고통과 원망, 아픔과 절망, 슬픔과 불행과 함께 그것들을 이길 힘도 같이 줄 거라고. 그 정도는 되어야 사랑이라는 말을 믿었다.

그리고서 내 마음속을 보니 커다란 성이 보였다. 밖에서 보기엔 창문이 여러 개라 방이 많아 보이지만, 대문을 열고 들어가면 자그만 방 하나밖에 없는 우뚝한 성. 친구가 많아 보여도 항상 만나는 사람하고만 만나는 내 성에는 작은 방만이 있었다.

각자의 마음속에 있는 기차와 성. 기차의 종착역에서 지연의 손을 잡아주는 사람과 나의 성안의 작은 방문을 열어주는 사람은 각자에게 많이 감격스럽고 아픈 사연이 있는 사람이었을 거다.

나와 지연은 각자의 방에서 혼자 상처받고, 눈물 흘리고, 시련을 겪으며 자기만의 기차와 성을 짓고 있었다. 30대에 접어들며 관계나 사랑이라는 것들을 나름 쉽다, 어렵다 등의 단어로 정의하기도 하면서 나는 성의 방 개수를 늘리는 연습을, 지연은 기차 속도를 줄이고 터널 밖을 나오는 연습하고 있었다. 연애에 대해 인터뷰를 하면서 나는 지연에게 우정과는 또 다른 마음을 느꼈다. 20대를 같이 졸업하고 30대의 출발점을 함께 지나고 있는 동료 같은 모습. 아, 아니 이게 우정일까?

　지연은 우리 집 싱크대에 가득 쌓인 떡볶이 소스가 묻은 그릇들을 뽀득뽀득 소리를 내며 씻어냈다. 손님이니 일하지 말라고 아무리 말려도 '안 돼요~' 하면서 꿋꿋이 고무장갑을 벗지 않는다. 끝끝내 모카포트로 만든 우유 거품 가득 카푸치노를 두 잔씩 마시고 나서야 헤어졌다.

멍 단편 에세이 〈애정이란 이름의 우주〉

가슴에 손을 얹고 잠잠히 눈을 감고 작은 심호흡 한 번.

휴-우.

좋아하는 사케동을 먹고 체하고 말았다. 대화를 꺼낼까 말까. 오늘 할까 다음에 할까. 아니면 이미 해야 했는데 늦은 걸까. 그도 아니면 이런 상황을 만든 것 자체가 내 잘못이었나. 지금 하려는 말은 내게 최선인 건가. 그에게 도 이게 최선인 걸까. 하는 생각이 우당탕탕 스쳤다.

인생이 한 번에 한 가지 숙제만 온다면 어떻게든 풀어보려 하겠는데, 나는 복잡한 난제를 만날 때마다 마음과 머리가 보내는 신호를 읽어 내려다 결국 몸이 가장 먼저 아프고 말았다. 그럴 때마다 버텨내지 못할 만큼 깊이 생각하고, 타인의 감정까지 책임지려고 너무 애쓰진 말자고 되뇌면서 단순 하게 내 마음이 무엇을 원하는지 손을 얹고 눈을 감고 호흡을 가다듬는다.

과학자들은 호르몬의 분비가 뇌과학의 영역이라고 했는데, 나는 이럴 때 마다 마음 한편에 통감이 따로 있는 것 같다는 생각을 한다. 쓴맛, 단맛, 매운

맛을 혀로 느끼는 것처럼 가슴에도 울렁거리는 통증을 느끼는 감각이 있다고.

"우리 그냥 친구 해도 돼요?"

그와 매일 안부를 묻고 일상을 공유하는 사이가 되어가면서 나는 우정과 애정 사이에서 우리의 관계를 고민하고 있었다. 그의 관심이 고마웠지만 동시에 나 스스로 정의하기 어려운 감정이었다.

나는 3주 전쯤 친구에게 물었다.
"사랑해서 결혼하더라도 어느 지점이 되면 이게 애정인지 우정인지, 사실은 그게 크게 다르지 않은 감정인지 헷갈리는 순간이 온다던데. 우정부부로 살면 친구랑 결혼하는 게 최선인 건가?"

내가 정의하는 남녀 사이의 우정은 육체적인 접촉이 없고 혹여 의도 없이 손끝이 스치더라도 특별한 감각이 없는 사이다. 다만 '정'을 나누는 사이의 의미는 대화와 관심에서 온다. 이 지점에선 우'정'이든 애'정'이든 같은 효용이다. 서로의 일상을 공유할 수 있고 공감하고 위로하고 응원할 수 있다. 그래서 우정은, 가치관의 사이즈가 비슷한 경우가 많아서 대화의 결이 자연스럽고 자주 웃고 같이 울게 될 수도 있다.

나는 누구를 좋아하게 될 때 나의 비이성적 행동 패턴을 잘 알아서 좋아한다는 마음에 아리송한 마음이 없는 유형의 사람이었다. 그런데 많이 좋아했지만 유지할 수 없었던 20대의 관계를 지나오면서 결코 관능적인 감각만으론 너무 다른 일상 습관과 부딪히는 자아의 결을 덮을 순 없다는 사실을 깨닫게 되었다. 끝내 서른이 되면서는 '끌린다'라는 표현에 집착하지 않고 '사람으로 먼저 좋은 사람'을 만나고 싶다고 대차게 마음을 다잡기도 했다.

그러나 머리로는 알면서 마음이 지배하지 못하는 일들이 우리 삶에 얼마나 많은지 말이다. '사람으로서 먼저 좋은 사람'인 그가 주는 마음이 고마운 일임을 잊지 말자 되뇌고 선입견 없이 그와의 관계를 보기 위해 우리는 몇 차례 밥을 먹고 함께 걸었다. 노골적인 단어의 선택은 없었지만 최근 연락의 빈도나 그가 건네는 걱정과 관심이 참 고맙고 또 무거웠다. 나는 받은 만큼 주는 사람이 되고 싶다는 마음이란 무게의 책임감 때문에 그에게 연락이 오면 최선으로 답했다. 몇 번 그렇게 관계가 지속되면서 우정이 애정이 될 수도 있다는 믿음을 갖기도 했다.

그런데 사케동을 먹던 그날, 종일 연락이 닿고 얼굴을 보고 밥을 먹는 동일한 하루였는데 선명하게 알게 되었다. 많이 애쓰고 있다는 사실을. 머리로 관계를 정의하려고 노력하고 그에게 보답해야 하는 마음을 계산하고 있었다. 대화의 유희가 곧 관계의 척도라는 공식에만 얽매여 믿고 있음을. 우정을 애정의 관계로 바꾸는 일은 지금의 나로선 머리로만 가능한 일이었다.

말로 다 위로하지 않아도 직관적인 언어가 필요한 순간이 오면 연인은 눈빛, 표정, 체온 같은 비언어적 요소들로 관계를 채운다. 올곧은 그 채움에는, 공허와 허무가 없다. 시선을 보내고 나란히 걸으며 손을 잡고 체온을 나누며 서로를 꼭 안아주는 일들. 그것으로 우린 정말로 충분해진다.

우정 또한 분명 귀한 '정'이지만 애정은 이토록 완연히 다른 우주의 일인 것을.

Time to Dirty Thirty Party

내 주변에는 네이버 인기 웹툰 〈유미의 세포들〉을 좋아하는 친구들이 많다. 언젠가 출근을 했는데 나를 제외한 모든 동료가 "어제 유미의 세포들 봤어? 대박이었어!"를 연신 외쳤던 기억이 있다. 나는 어리둥절해 하며 "그게 그렇게 재밌어?" 하고 머리를 긁적였다. 책이 좋은 이유 중 하나는 책을 손에 쥐고 한 장씩 천천히 넘겨 읽는 밀도 있는 그립감을 좋아하기 때문인지라 여태껏 전자책보단 종이책을 애정하고 있다. 물론 웹툰은 속도감이 있어 수월한 읽기가 가능하지만, 그래도 여전히 디지털 활자를 보고 읽는 것이 내겐 아쉬운 일 같다.

나는 보통 서점에 가면 추천사를 참고해 책을 산다. 그러니까 내가 믿고 좋아하는 누군가가 "이 책, 제가 읽어 봤는데 좋았어요" 하고 영업을 하면 목차도 들춰보지 않고 이내 집어오는 경우가 많은 것이다. 그것이 내게는 꼭 "지연아, 내가 봤는데 네가 좋아할 책이야!" 하는 말로 들린다. 표지에 추천사를 쓰진 않았지만 내가 애정하고 존경하는 이의 책 추천도 같은 효과가 있다. 추천사가 추천인으로 변모하는 순간이다. 그가 "이 책, 좋던데요?" 하고 한마디 던지면 리뷰 하나 읽지 않고 온라인 주문을 하는 나를 발견하게 된다.

그간 내게 〈유미의 세포들〉을 추천해 준 이들이 많았지만, 웹툰 읽기에 취향이 없는 나는, 떠돌아다니는 #유머짤 #감동짤 몇 장으로 〈유미의 세포들〉을 내가 좀 알지 하고 자만했다. 그러다 완벽한 추천인, 다솔의 추천사를 듣고 이 웹툰이 마침내 보고 싶어졌다. 물론 인쇄된 활자로 볼 수 있다면 더 좋겠지만.

우리가 〈유미의 세포들〉에 대한 이야기를 한 날은 한남동 〈리틀넥〉에서 저녁을 먹은 날이었다. 브런치 카페로 유명한 곳이기도 하지만 이곳에서 만나기로 한 더 큰 이유는 다솔이 좋아하는 의류 브랜드 〈그로브스토어〉가 바로 위층에 입점해 있기 때문이다. 좋은 사람과 좋은 식사를 하고 그가 좋아하는 일부를 구경할 수 있다는 설렘으로 저녁을 맞이했다.

명   다솔님, '10문 10답' 다 해왔어요?
솔   (우렁차게) 네!!

다솔과 처음 인터뷰를 해보고 싶단 생각을 했을 때 함께 독서모임을 하며 내내 마음속에 있었던 10가지 단어들이 떠올랐다. 무작정 그 단어들을 수면 위로 끄집어내어 포스트잇에 괴발개발 적어놓곤 총총거리며 다솔을 만나러 갔다. 들뜬 마음을 담은 가벼운 발걸음이었지만 동시에 인생의 큰 무게감을 지닌 단어들을 둘러업고선 말이다.

솔   지연님, 10가지 단어들에 대한 저만의 정의를 해보는 작업이 은근 어
      렵더라고요?

멍   그렇죠? (찡끗) 저도 그랬어요. 특히 사랑이나 우정같이 묵직한 단어
      들은 생각하면 생각할수록 더 정의하기가 어려운 거예요! 전 그래서
      결국 처음 떠오른 단어들로 문장을 적어왔어요.

  꾸깃꾸깃한 종이에 적은 10가지 단어에 대한 나만의 정의를 펴서 다솔에
게 보여주었다. 그리곤 이내 다솔이 꼼꼼히 적어온 문장 중 '사랑'에 시선이
멈췄다.

멍   저는 다솔님이 정의한 개념 중 '사랑'이 참 오래 좋았어요. '세상에서
      제일 힘이 센 것' 곱씹을수록 참 좋단 말이지…

솔   오, 그랬어요?

멍   네! 저도 사랑에서 나오는 힘은 그로 인해 파생된 다른 문제들을 이
      길 만큼 크다고 믿거든요.

솔   하하. 그런데 제가 여기서 정의한 '힘'은 지연님이 말하는 개념과 조금
      다르게 들리는걸요?

멍   어째서요?

솔   제가 말하고 싶었던 사랑의 '힘'은 행복이나 기쁨 같은 감정뿐만 아니
      라, 아픔과 슬픔 같은 감정도 포함되어 있거든요. 그러니까 '사랑' 앞

에 우리가 느끼는 모든 감정의 힘이 그 무엇보다 크다고 느낀달까. 그
래서 사랑은 가장 기쁘고 행복하지만 동시에 가장 아프고 슬픈 기억
도 함께 주는 것 같아요. 전 그래서 사랑이 좋지만 동시에 두려워지곤
해요.

멍　　아… 그러니까 영어로 말하자면 저는 사랑의 '힘'을 'overcome'으
　　　로 해석했는데 다솔님이 진짜 하고 싶었던 말은 'power'라는 단어와
　　　더 가깝게 들려요.

솔　　맞아요. 저한텐 기쁨도 설렘도 슬픔도 아픔도. 그 모든 감정이 가장 힘
　　　이 세질 때가 사랑 안에서인 것 같아서요.

　사랑은 분명 우리에게 고통과 아픔, 슬픔도 주겠지만 동시에 그걸 넘어서
는 유일한 힘도 줄 거라고. 그게 사랑이라고 자신 있게 믿었던 서른한 살의
나는, 다솔의 이야기를 들으며 마음이 조금 무거워졌다. 왜냐하면, 그 뜨거운
사랑의 힘 앞에 울고 웃었던 지난날의 기억이 떠올랐기 때문이다.

　나는 연애를 마치고 나면 꼭 애도 기간이 필요했다. 한 달을 만났으면 한
달을, 1년을 만났으면 1년을, 3년을 만났으면 최소한 이후 3년을 아무도 만
나지 못했다. 그건 다솔의 말처럼 사랑이 너무 힘이 세기 때문이었다. 그 뜨
거움을 알고도 다시 발을 딛기까진 지난날을 잊고 천천히 새로운 감정이 차
오를 시간이 필요했다.

　하지만 애도 기간이 끝나고 나면 나는 다시 처음 사랑을 하는 사람처럼

상대 안에 섰다. 그의 현재에서 누적된 과거를 들여다보며 함께 아파하거나 기특해했고 그의 꿈과 열망을 보며 미래를 함께 그려 보기도 했다.

그러한 20대의 기억이 몇 차례 반복되면서 나는 사랑을 '주는 만큼 언젠가 돌아오는 것'이라고 여기게 되었다. 내가 최선을 다했던 상대가 나를 먼저 놓아버리기도 하고 내가 충실히 믿었던 상대는 나를 먼저 떠나가기도 했다. 마음이 바닥을 쳤던 날들, 회사에서 일하다 갑자기 자리에서 사라져 몰래 화장실에서 엉엉 울다 오기도 했고 밤마다 그와의 카톡 대화를 읊으며 내가 도대체 뭘 잘 못 했는지 혼자 구구절절해지기도 했었다.

그런데 시간이 지나 내 감정에서 빠져나오던 서른 즈음의 나는 아주 중요한 사실을 알게 되었다. 내가 사랑했던 상대에게 열정을 쏟을 수 있었던 힘의 원천은 나를 사랑해 주었던 누군가에게서 나왔다는 사실. 기억을 되돌려보면 나는 헤어짐에 있어 매정한 사람이었다. 한 번 결심한 일에 대하여 뜻을 번복하거나 뒤돌아보지 않고 앞으로 직진하는 성격이었다. 그래서 내게 최선을 다했던 상대를 내가 먼저 놓아버리기도 했고, 나를 온전히 믿어주었던 상대를 내가 먼저 떠나기도 했다. 그 당시엔 그게 옳다고 여겼는데. 입장이 바뀌어 내가 놓아주지 못하는 입장이 되어보니 참 아프고 슬픈 일이었다. 그리고 죄책감을 느낄 만큼 미안하고 고마운 일이었다.

사랑이란 감정은 일이나 공부와 다르게 규칙이 없어서, 내가 충실했던 사람은 먼저 나를 떠나고 내가 먼저 놓아버린 사람은 나를 오래 기다려주기도 한다. 그럼에도 '주는 만큼 언젠가 돌아오는 것'을 사랑이라고 적은 이유는 '사랑하기 때문에' 상대를 끝까지 배려해 본 사람. 나의 무언가를 상대를 위해 기꺼이 포기하고 싶은 감정을 느껴본 사람. 나보다 우리를 지켜내기 위한 노력을 해본 사람은 결국 그 사랑을 되돌려 받게 될 자격이 있다고 믿게 된 것 같다. 어쩌면 소망 사항에 가까운 정의일지도 모르지만. 서른하나의 나는 이제 내게 곁을 내주었던 고마운 지난 이가 진심으로 그 마음의 무게를 알아봐 줄 이와 행복하길 바라게 되었다. (물론 내가 아파봐야 남이 준 감정의 무게가 얼마나 무거운지 비로소 알게 된다는 점에서도 사랑은 주는 만큼 '언젠가' 되돌아오는 것 같다. 하하하)

사랑에 관한 다솔의 이야기를 들으며 나도 모르게 잠시 20대의 나와 시간 여행을 했다. 그리고 이내 다솔의 목소리가 다시 들렸다.

솔 지연님! 저는 우정에 관한 개념 정의를 비교해서 읽는 것도 재미있었어요. 지연님은 어땠어요? 우정을 '희로애락'이라고 정의했네요?

명 (웃음) 네, 맞아요. 전 10대, 20대 그리고 30대를 넘어오면서 친한 친구들의 준거집단이 조금씩 바뀌었어요. 아마 저의 세계가 확장되고 축소하는 과정 중에 친구들과의 관계 안에서 희로애락이 있었던 것 같아요.

다솔님은 '효연이, 원석이'라고 정의했죠? 전 이 부분에선 소리 내서 웃을 만큼 재밌었어요. 추상적인 개념들 사이에서 입체적으로 튀어나온 정확한 좌표 같달까. 제가 본 다솔님은 많은 사람 틈에서 존재감을 발휘하는 쾌활하고 친화력이 있는 사람이라 '우정'에 대한 범위나 개념이 굉장히 넓을 거라고 생각했는데 정확히 두 친구의 이름이 호명되는 걸 보고 신선했어요.

솔 저와 가장 친한 십년지기 두 친구인데요, 효연이랑 원석이는 '숫자 10'에 가까운 단계에 있는 친구들이에요! (대뜸 다시 우렁차다)

멍 숫자 10이요? 그 '숫자'가 갖는 의미는 뭐예요?

솔 (자신 있게) 관계의 '깊이'라고 볼 수 있을 것 같은데요, 예를 들어 1에서 10까지 그 깊이에 단계가 있다고 가정을 해볼게요.

저는 여기서 1부터 3단계의 초기 장벽이 엄~청 낮은 사람이에요. 그러니까 많은 사람, 새로운 사람들 틈에서 즐겁게 이야기하고 어울리는 것에 어려움이 없어요. 그래서 적응력이나 친화력이 좋다는 이야기를 듣는 것 같고요.

근데 그 이상의 관계는 반대로 엄~~청 장벽이 높아요. 3단계의 초기 장벽을 지나 5부터 7단계 사이의 친밀도를 왔다 갔다 하던 어떤 관계들은 줄곧 다시 3단계로 돌아가곤 했거든요. 그런 의미에서 8단계 이상을 지나서 10단계까지 단단하게 굳혀진 친구들은 이 둘이 가장 먼저 생각났어요.

우정을 '효연이, 원석이'라고 적은 다솔의 대답이 유독 우렁차다. 그 우렁찬 목소리 앞에 다솔이 애정하는 친구들은 어떤 사람들일지 자연스레 궁금한 마음이 든다. 지체 없이 '관계의 숫자'를 술술 설명해 주는 다솔에게 우정의 개념을 되묻게 되었다.

멍   (동그란 눈으로) 관계에 대해 다솔님만의 정의가 논리적이면서도 확고한 것 같아요! 저는 다솔님과 반대로 초기 장벽이 엄청 높은 사람이라 재미있게 듣기도 했고요.

솔   하하. 그런가요.

멍   네. 전 우정이든 사랑이든 초반에 관계가 예열되는 데 상당한 에너지와 시간이 필요하거든요.

솔   그럼 지연님은 저랑 반대로 1부터 3단계의 장벽이 높은 거네요?

멍   (곰곰이 생각하다) 맞아요. 그래서 낯선 사람을 만나 서로 알아 가는 일이 꽤 피곤하고 어렵달까. 덕분에 처음 만난 사람들에게 가끔은 친해지기 어렵다는 인상을 주기도 하는 것 같고요.

음, 근데 전 한 번 3단계 이상으로 누군가 들어오면 그 후로는 이상한 의리가 생겨서 5부터 8단계 사이를 왔다 갔다 하지 않고 바로 10단계쯤으로 건너오는 것 같아요.

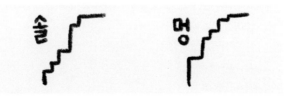

솔　그래요?

멍　(머쓱이며) 네. 근데 사실, 관계라는 건 상대방과 같이 마음의 온도를 맞춰서 갈 때 가장 조화롭게 유지된다고 생각하는데, 저 혼자 몰래 예열하다 이내 끓어버리니. 그게 관계에서 늘 어려웠어요. 상대방으로선 갑작스럽거나 부담스러울 수 있다고 생각하거든요.

　　손으로 계단을 그리듯 '관계의 숫자'를 열심히 설명하는 다솔을 보며 재미있단 생각을 했다. 그리곤 한 가지 궁금함이 생겼다.

멍　그럼 다솔님이 우정을 나눈 친구 중 8단계 이상에 진입하지 못하고 아쉽게 5에서 7단계 정도를 왔다 갔던 친구들은 어떤 이유에서였어요?

솔　음… 저는 되게 솔직한 편인데요, 저에게 솔직함은 '친해지고 싶은 도구' 같은 거예요.

멍　그게 무슨 의미예요?

솔　그러니까 제가 솔직하게 마음을 나눌 때 그 마음을 어색하지 않게 받아주고 동일한 무게로 마음을 건네주는 관계를 '우정'으로 인식하는 것 같아요. 만약 제가 나눈 솔직함을 상대가 불편해했거나 상대방은 그 정도의 깊이로 저를 인식하지 않는다고 느낄 땐 우정의 단계가 더 심화되지 않더라고요.

멍　아…! 그렇구나!

다솔과 처음 인터뷰를 하면서 '나한테 이렇게 솔직하게 이야기해도 되는 건가' 하는 생각이 스쳤던 기억이 잠시 떠올라 고마운 마음이 들었다. 그건 다솔이 내게 보여준 '친해지고 싶은 도구'였던 것이다.

다솔은 뒤이어 이렇게 말했다.

솔   효연이랑 원석이는 늘 잘 되길 진심으로 바라는 친구들이에요. 친구들이 힘들 때 함께 울어주긴 쉬운데, 기쁠 때 진심으로 같이 웃어주기는 어려운 것 같단 생각을 한 적 있어요. 근데 이 둘은 기쁜 일이 있을 때 진심으로 같이 축하해 주고 싶은 마음이 들어요. (눈을 반짝이며) 힘들 때 함께 울어주는 것보다 기쁜 일에 함께 웃어줄 수 있는 관계가 진짜 10단계의 친구가 아닐까 해서요.

다솔이 말한 이 문장에 무한히 고객을 끄덕였다. 그리고 돌아서 조금은 서글퍼졌다. 왜냐하면, 그러한 이상적인 우정의 관계가 너무 좋아서 사는 게 행복했던 적이 나에게도 있었기 때문이다. 온전히 나락으로 무너졌던 순간을 순수하게 나누고도 용납받을 수 있었고 서로의 잘 됨이 서로의 자랑이었다.

그러다 각자의 환경이 바뀌고 그 틈에 애인이 생기곤 했고 우리는 조금씩 다른 모양으로 우정이 진행되었다. 변했다는 말보다 각자의 현실에서 고군분투하다 오직 자기와의 싸움이 필요했던 시간이었다. 그 시간을 버티고 숨고 도망가기도 하면서 자연스럽게 또 조금은 서로에게 방임적으로 시간이 흘렀다.

나는 늘 곁에 있는 소중한 이들을 가장 먼저 잘 챙기는 사람이고 싶었다. 대의를 위해 소의를 포기하는 사람보다, 소의를 다하고 그 도리를 지키면서 대의로 확장해 가는 사람이고 싶었기 때문이다. 그러나 그건 아주 많이 어려운 일이었다. 내 몸과 마음 하나도 간수하지 못하는 나란 사람이 나를 잃지 않으면서 내 주변을 챙긴다는 것. 또 그 사실에 안주하지 않고 세상으로 손을 뻗어 나가는 것. 머리가 아닌 몸으로, 마음에 그치지 않는 행동으로 부단히 끌어안고 노력해야 할 일들이다.

관계에서만큼은 다솔과 내가 분명하게 다른 사람이라고 생각했다. 다솔은 서로 다른 많은 사람을 꾸준히 잘 챙기는 사람 같았기 때문이다. 그런데 우리는 결론적으로 우정의 다양성보다 깊이를 중요하게 생각하는 사람들이었다. 다만 다솔은 많은 사람과 어울리면서도 깊고 좁은 관계를 선별하고 이어갈 줄 아는 사람인 것이다.

우정에 있어서 다솔은 큰 문을 통과해 아주 좁은 문으로 나온다. 나오는 문의 출구는 내가 생각했던 것보다 훨씬 좁고 깊었다. 나는 그제야 다솔이 새로운 환경과 사람들 틈에서도 제 것의 중심을 잃지 않고 서 있는 이유를 알게 된 기분이었다. 가장 안쪽에 자리 잡은 저 깊고 깊은 10단계의 성에서 다솔의 사람들이 다솔을 지키고 서 있는 것이다.

멍   다솔님! 다솔님은 20대로 돌아갈 수 있다면 다시 돌아가고 싶어요?

다솔은 짝 맞춘 보조개로 빙그레 웃으며 답한다.

솔　아니요!

멍　그죠? 저도요.

솔　제가 서른이 되면 이루고 싶은 꿈이 있었는데요. 이제 서른 돼서 더티
　　써티 파티할 거예요!

Dirty Thirty Party라니. 활자에 웃음이 새어 나온다. 넷 이상의 사람을
만나는 날엔 어딘지 기력이 쇠하여지고, 관계에선 일 대 일을 좋아하며 함
께 하는 시간은 여백을 주는 셋, 다섯의 홀수 구성을 좋아하는 나는 단연코
party person과는 거리가 멀다. 그에 비해 다솔은 사람을 통해 에너지를
받고 다양한 무리 안에서도 제 것의 정체성을 잃지 않으며 대화하는 방법
을 아는 사람이다. 모임의 중심에는 다솔이 있고 우리가 만났던 독서모임에
서도 그러했다.

다솔은 내가 속한 테이블과 멀리 앉아 깔깔거리며 맥주를 마시다가도, 이따
금 나와 눈이 마주칠 땐 입을 동그랗게 오므리고 뭐라고 중얼거렸다. 천천히
그 모양을 따라 소리를 읽으니 다솔이 나에게 이렇게 이야기하고 있었다. "괜
찮아요?" 그럼 나는 눈을 크게 뜨고 머리를 세차게 끄덕였다. ("네, 괜찮아요!")

우리가 함께 글을 쓰기 꽤 전의 일이고 지금만큼 다솔을 깊게 알지 못했
을 때지만, 나는 그런 다솔을 보며 이 사람은 참, 사람을 잘 대하는 사람이

구나. 더 나아가선 이 사람은 진짜 사람을 잘 '다루는' 사람이구나 생각했다. 속 사정을 몰라도 누가, 무엇이 필요한지 직감적으로 느끼고 반응하는 사람. 불편할 것 같은 이야기는 분위기를 돌려주고 말하고 싶은 사람이 있으면 힘껏 들어주는 사람.

본론으로 돌아와 더티 써티 파티에 대한 이야기를 더 하자면 그날의 대화는 이러했다.

솔　제가 이제 30대 막내니깐 좋아하는 사람들을 모아서 파티를 여는 거예요. 제가 디제잉도 하고요. 지연님도 와야 함! 20대를 드디어 지나왔다는 뜻으로 30대를 축하할 거예요. 20대는 꼭 무기 없는 전쟁에서 총 맞고 칼 맞고. 그런 느낌이었던 것 같거든요. 전략도, 회복력도 없어서 너무 힘들었던 것 있죠. 특히 연애에 있어서 그랬던 것 같아요.

명　완전 공감. 저도 늘 20대를 두 번 살고 싶진 않다고 외치고 다녔어요. 전 그래서 서른이 되었을 때 진짜 좋았어요. 스물아홉에도 빨리 서른이 되고 싶다고 외치고 다녔고요. 이제부터가 진짜인 느낌. 전 서른이 참 좋아요. 서른이 훨씬 재밌을 거예요. 다솔님!

솔　맞아요. 이제는 "어떤 전략으로 승리할 것인가?" 이런 고민을 할 수 있는 것 같아요. 전 탱크와 비행기로 싸울 거예요!

명　푸하하.

솔 그리고 20대에는 저한테 뭐가 예쁜 건지도 몰랐던 것 같아요. 이제는 저에게 어울리는 게 뭔지 알게 된 것 같고요. 그러니까 20대에 저는, 저랑 별로 안 친했던 거죠. 그걸 알게 해준 게 웹툰 〈유미의 세포들〉이었어요.

명 〈유미의 세포들〉이 왜요?

솔 이런 내용이 있었어요. 유미가 좋아하는 사람이 생기면 그 사람으로 가득 차서 그가 1위, 자기 자신은 2위예요. 남자친구보다 후순위인 거죠. 그리고 나머지 10위까지는 그가 좋아하는 것들로 가득 차죠. 남자친구가 제일 우선순위죠. 저의 20대도 꼭 그랬던 것 같아요.

그러다 남을 사랑하는 일도 나를 먼저 사랑하고 지키지 않으면 온전하게 설 수 없다는 사실을 알게 되었어요. 그걸 깨닫고 나서 지금은 저 자신이 제 마음의 1위가 될 수 있었고요. 그렇게 되고 나니까 연애를 할 때, 두 사람 사이에 공간이 생기고 그 공간을 건강하게 왔다 가길 반복할 수 있게 된 것 같아요.

멍   그게 다솔님이 경험한 20대의 연애에 대한 배움이군요.

솔   네. 나를 사랑해야 남도 사랑할 수 있다!

내가 나를 사랑하려면, 우선 나랑 가장 친한 사람이 나여야 한다는 말. 다솔의 문장이 가진 무게가 좋다. 그리고 우리는 이런 이야기를 하기도 했다.

솔   곽정은 씨가 한 말인데요, "어떤 사람과 연애를 할 때 그 사람을 계속 의심하고, 연락을 기다리고, 그러다 이내 집착하고 있는 자신의 모습이 스스로 보기에도 좋은가? 라고 물었을 때 아니다, 라고 답이 나온다면 그건 객관적으로 좋은 연애가 아니다" 전 이 말도 참 공감이 가던데. 건강하지 않은 연애에서 빠져나올 때 그런 생각을 했어요.

나는 또 많이, 더 많이 끄덕거렸다.

우리는 긴 대화의 여정을 마치고 다솔이 좋아하는 〈그로브스토어〉에 들러 함께 옷을 구경했다. 거기서 다솔은 자신에게 꼭 어울리는 상의 하나와 하의 하나를 샀다. 어디에 있었는지 내 눈엔 보이지 않았는데, 꼭꼭 숨겨진 옷들을 척척 골라내는 솜씨가 예사롭지 않다.

이제 다솔은 다솔이 원하고 바라는 걸 지키고 이루어가는 법을 잘 알고 있다.

Chapter 3
그녀들의 은밀한 사생활

솔에게 글은 '나를 더 온전하고 단단하게 만드는 것'이고
블로그는 '10년 동안 나랑 같이 성장해 온 동지'입니다.
멍에게 글은 '가장 가까운 형태의 나'이고
유튜브는 '가장 공유하고 싶은 나'입니다.

와이파이 없는 유튜버

솔 씀

퇴근하고 지연과 동네에 한 피자집에서 만났다. 트러플 향이 잔뜩 배어 있는 버섯 피자와 시원한 콜라를 한 잔씩 주문했다. 지연은 책을 추천하는 유튜브 계정을 운영한다. 이른바 북튜버. 구독자 440명. (그렇다. 4천 4백 명 아니고 4백 4십 명 맞다. 2021년 3월 기준으로 쓰라고 지연이 강조했다.)

솔   지연님, 어떻게 유튜브를 시작하게 됐어요?

멍   즉흥적으로 한 건 아니고 1년을 고민하다 시작했어요.

솔   그럼 시작한 지는 얼마나 됐어요?

멍   2019년 1월에 시작해서 이제 2년 정도 됐어요. 제 구독자 수가 440 명인데요. 물론 다른 유튜버에 비하면 적은 숫자지만 440명의 구독자분이 모두 너무 소중해요. 이렇게 작은 유튜브 계정인데도 제 콘텐츠를 정말 보고 싶은 사람들만 구독하시는 거잖아요. 콘텐츠 올리기 전에는 고민을 많이 해요.

솔   영상 업로드 주기는요?

멍   처음엔 일주일에 2번이었고요. 지금은 일주일에 1번 올려요. 100일 동안 매일 올린 적도 있어요.

솔   와, 진짜 열심이네요.

멍   가끔 저도 '나 왜 이렇게 열심히 하지?'라는 생각도 해요. 하하. 저는 A이면서 B인 사람이 좋아요. 예를 들면 마케터이지만 작가이고 싶고. 직장인이면서 유튜버이고 싶기도 하고. 회사 측면과 개인적인 측면에서 모두 다양성을 갖는 사람이고 싶어요.

솔   100일 동안 매일 올렸던 영상은 어떤 거였어요?

멍   매거진사에서 진행한 '100일 글쓰기 프로젝트'에 참여했었어요. 100일 동안 매일 책을 읽고 감상을 써서 영상으로 업로드했죠. 저는 책을 추천하는 유튜버라서 유튜브에 책 읽는 모습이 최대한 많이 보이길 바랐어요. 100일 프로젝트를 통해 그 모습을 담았죠. 매일 영상을 올리면 구독자분들이 피로감을 느끼지 않을까? 하는 생각을 했었는데, 실제로 그 프로젝트 이후로 구독을 취소하는 사람도 있었어요. 그런데 또 꾸준히 올리는 걸 좋아해 주시는 구독자분들이 제 채널로 들어오시기도 하더라고요. 그분들은 저의 책 취향과 꾸준함을 보고 좋아해 주신 찐 구독자분들이에요. 제 채널의 정체성을 이해해주신 분들이죠.

솔   특별히 기억에 남는 구독자는 있어요?

멍   소설을 리뷰 하시는 유튜버 분과 친해졌는데요. 100일 영상을 올리면서 구독자가 떠나진 않을까 고민하던 시절에, 조회 수 20회밖에 안 되는 제 영상에 그분이 매일 댓글을 남겨주셨어요. 영상이 매일 아침 요가를 하거나 커피 한 잔을 하는 기분을 준다는 멋진 댓글을요. 그분이 제 100일 프로젝트를 보고 자극을 받아서 유튜브를 열심히 하게 됐다고 하셨거든요. 제가 믿는 가치를 누군가 알아봐 줄 때 뭉클하고 감사해요. 유튜브는 저를 꾸준하게 달리게 해 주는 힘의 원천이에요.

솔 　최근에는 유튜브에서 새로운 프로젝트를 시작하셨더라고요?

명 　〈북필름키트〉라는 헌책 대여 프로젝트인데요. 구독자분의 신청 사연을 받아 보고 요즘 가지고 계신 고민을 해결하는 데 도움이 될 만한 제 소장 책을 굿즈와 함께 패키지로 보내드리는 프로젝트예요. 굿즈는 온전한 선물이고요, 헌책은 다 읽으신 후에 천천히 돌려주시면 되고요.

제가 고민이 있을 때 그 고민을 해결할 수 있는 책을 골라 읽는 독서 습관이 있었거든요? 그러다 보니 책을 읽을 때 그 흔적들을 밑줄과 메모로 남겨두는 편이었어요. 오늘 이 책을 선택한 이유라던가, 요즘 하는 생각과 고민을요. 근데 하루는 친구가 제 책을 빌려 읽고 나선 '네가 쓴 메모를 읽는 재미가 책을 읽는 재미보다 더 쏠쏠했어' 하고 이야기를 해 주더라고요. 그 지점에서 책에 남긴 흔적이 누군가에게 즐거운 기억을 주고 아주 작게나마 고민을 해결하는 데 보탬이 되진 않을까 하고 생각하게 되었고요.

그래서 신청 사연을 보내주신 구독자분들이 만족하실 수 있는 책과 선물을 보내드리기 위해 요즘 하고 계신 고민을 묻고 그 사연을 기반으로 큐레이션을 해 드리고 있어요. 프로젝트를 준비하면서 '딱 한 달에 5명 정도의 인원만 신청했으면 좋겠다'라고 생각했는데 오픈했을 때 딱 5명이 신청해 주셨어요.

솔 구독자 수에 비해 목표 인원이 높지가 않았네요?

멍 신청자 수가 너무 많으면 제 역량 밖일 것 같았어요. 제가 한 달에 꼼꼼하게 챙길 수 있는 사람이 5명 정도라고 생각했거든요.

솔 신청해 주신 분 중 기억에 남는 분이 있었나요?

멍 중학교를 졸업하고 고등학교 입학 원서를 내고 기다리고 있던 신청자 분이 있으셨어요. 제가 작곡에 관심이 있어서 통기타 치는 영상을 올린 적이 있는데요. 그 학생분이 '저도 통기타를 좋아하고 소라님(지연의 유튜브 속 닉네임)이 리뷰한 책을 대여하고 싶어요'라고 말씀해 주시더라고요.

솔 멋지다. 유튜버와 구독자 간의 취향 연대가 만들어졌네요.

멍 근데…

솔 ???

멍 그분이 개학과 학업 때문인지, 그 후 자취를 감추셨어요. 빌려드린 책 〈명랑한 은둔자〉는 더 이상 찾을 수 없지만, 그냥 선물해 드린 것이라고 생각했어요.

솔 세상에. 연대의 기쁨과 슬픔.

멍 다솔님이 보기에 제가 유튜브를 통해서 얻고자 하는 게 뭔 것 같아요?

솔 제 다음 질문을 뺏어가시면 어떻게 해요.

멍　하하. 제가 요즘 이걸 주변인들에게 물어보는데 사람들이 생각하는
　　게 각자 다르더라고요. 듣다 보면 재밌어요. 각자의 프레임으로 제 유
　　튜브를 해석하는 게요. 다솔님 의견도 궁금했어요.

솔　제가 보기엔 자기만족과 성장 두 가지로 보여요.

멍　오, 비슷해요. 직장 동료들은 제가 '퇴사'하기 위해서 유튜브를 하는
　　것 같다고 하고, 친한 친구들은 '백만 유튜버 되고 싶어서'라고 이야기
　　하기도 해요. 사실 전 제가 모르는 백만 명한테 사랑받는 것보다 저랑
　　잘 맞는 소수의 인원과 오순도순 좋아하는 취향을 같이 나누면서 성
　　장하는 게 목표예요.

　　물론 동료나 친구가 하는 말도 틀린 건 아니에요. 모든 이유가 조금씩
　　은 포함되어 있어요. 채널 구독자가 많아지면 좋겠는 바람도 있고, 유
　　튜브가 잘되면 회사 업무 외에 더 자유롭게 다른 걸 잘할 수도 있겠
　　죠. 조금씩은 포함되어 있지만 무얼 가장 추구하는지 묻는다면 다솔님
　　이 말한 자기만족과 성장이에요.

　　조금 더 구체적으로 이야기하면 자기만족을 위한 독서 습관 들이기,
　　마케터로 성장하기, 취향의 연대 만들기 세 가지인데, 그 교집합으로
　　할 수 있는 플랫폼에 가장 적합한 것이 유튜브였어요. 보통 사람들이
　　물어보면 '참아지지 않아서'라고 말해요. 조금 오그라드나요? (웃음)

솔　'참아지지 않아서'라니. 멋진 표현이죠. 살면서 참을 수 없을 정도로 꼭
　　하고 싶은 것이 있다는 건 진짜 살아있는 기분이잖아요. 멋져요.

멍 　원래는 참고 싶었어요. 마케팅 업무를 하다 보니 유튜버들을 섭외하고 연락하는 일을 했었어요. 그런데 인기라는 게 정말 빨리 올라가고 빨리 내려오더라고요. 특히 폭발적으로 인기가 높아지다가, 이슈가 생겨 인기가 빨리 식으면서 무너지는 사람들을 보게 됐어요. 어떤 40만 명의 구독자를 가진 인플루언서가 있다고 가정해볼게요. 그분이 하나의 이슈에 휘말려서 욕을 먹기 시작하면요. 그 사람을 좋아하던 40만 명이 분명 있었는데, 분명 어제까지만 해도 그 사람들이 있었는데. 이슈가 터지는 순간 어디서 왔는지 모르겠는 수많은 악플러들이 다 나와서 그 사람을 물어뜯는 거예요. 정말 무섭죠. 옆에서 직접 보니 무섭더라고요. 그래서 느리더라도 제대로 쌓아 올려서 쉽게 무너지고 싶지 않다고 생각했죠. 그게 무서웠으면 처음부터 유튜브도 안 하는 게 맞잖아요. 근데 안 하려고 했는데도 자꾸 만들고 싶은 콘텐츠가 생각이 떠오르는 거예요. 생각들이 참아지지 않는 거죠.

솔 　요행을 부리지 않고 꾸준하게 성장하는 계정이었으면 하는 거네요.

멍 　제 주변 지인 중에도 꽤 운영을 잘하시는 유튜버가 있었어요. 그분은 잘 다니던 직장을 퇴사하고 유튜브를 시작해서 빠르게 1만 명의 구독자를 가진 채널을 만드셨어요. 그런데 구독자 수가 1만 명이 되는 때에 유튜브를 그만두고 재취업을 했어요. 사람들은 왜 아깝게 그 유튜브를 그만두느냐고 하던데, 전 그분의 마음이 이해됐어요. 유튜브 생태계, 그곳에는 약도 있고 독도 있다고 생각해요. 그걸 내가 감당할 수 없어질 때 나오는 거죠. 저한테 유튜브는 그래서 더 천천히 쌓아가고 싶은 플랫폼이에요. 일은 잘해야 하는 거고, 취미는 못 해도 재밌는 거라면. 유튜브는 저한테 취미와 일 그 사이 어딘가에 있네요.

솔   지연님이 유튜브를 하는 이유가 제가 블로그를 하는 이유랑 비슷해요. 저도 10년 동안 블로그를 운영하면서 제 글쓰기 성장도 목표였지만, 이 플랫폼에 공유하는 콘텐츠가 이웃에게든, 그날 힘든 하루를 시작하거나 마치며 우연히 제 블로그에 방문해서 글을 읽은 사람에게든, 아주 조금의 긍정적인 영향이라도 미쳤으면 해요. 아주 작더라도요.

멍   맞아요. 성장 이상의 가치예요. 빠르게 올라가는 인기를 위해서라기보단, 아무도 가보지 않은 미지의 세계에 제가 가장 먼저 달려가서 제가 만든 제 취향의 깃발을 꽂은 다음에 "나 이렇게 살 건데 구경할 사람~ 여기 여기 붙어라~" 하는 거죠.

피자집에서 흘러나오는 우렁찬 힙합 음악과 함께 지연의 깃발을 꽂는 제스처에서 강인함이 느껴졌다. 지연의 이야기를 듣는 내내 깃발을 꽂은 영역을 자랑스러워하는 뿌듯한 표정의 지연이 그려졌다. 나는 알고 있었다. 2021년도에도 지연은 아이폰 6s를 쓴다는 걸. 그리고 더 충격인 건 지연의 집에는 와이파이조차 설치되어 있지 않다는걸. 와이파이도 설치 안 되어 있는 성실한 유튜버라니. 이게 그녀의 swag인가.

구독자 수가 440명인 것을 기억하여 또박또박 말하는 지연. 매일 구독자 수가 몇 명인지 세어보지 않는 사람이고서야 이렇게 정확하게 말할 수는 없을 것이다. 자신의 유튜브 채널을 구독하고 있는 찐 구독자들에 대해 이야기 할 때, 그들과 취향의 연대가 생겼을 때 지연의 눈동자는 반짝반짝 빛이 났다.

솔 단편 에세이 〈싱짠싱짠〉

파란 불이 켜져 있는 집 앞 편의점에 들어갔어. 시간이 벌써 밤 열한 시네. 일주일에 3일 정도는 퇴근하고 편의점에 들어갔다가 아무것도 안 사고 나오는 날이 더 많은데 오늘도 그런 기대감으로 들어가 봤어. 먼저 편의점 한 바퀴를 도는 건 으레 산책코스 같은 거야. 매번 라면 매대 앞에 서서 오래도록 고민하는데 오늘은 작은 컵라면을 하나 골라 들었어. 그 자리에서 바로 뒤를 돌면 김밥 매대가 보이는데 거기서 작은 참치마요 맛 삼각김밥을 골랐어. 그 옆 매대로 눈을 돌려서 또 오래도록 고민하다 삼각김밥에 올려 먹으면 대박 맛있는 스트링치즈를 들었어. 다시 내려놨어. 내 마지막 양심이야.

집 현관문에서부터 내 몸을 짓누르고 있던 허물을 하나둘씩 벗어. 허물이랑 같이 낮에 내가 지녔던 책임감들도 하나둘씩 벗어. 화장실로 초스피드로 들어가서 김이 모락모락 나는 뜨거운 물을 몸에 끼얹어. 오늘 종일 들었던 나한테 불필요했던 말, 오해의 말들도 귀에서 씻어내. 다 씻어내고 뽀송뽀송하게 정리된 수건으로 물에 젖은 몸과 머리를 털어내면 어지러운 머릿속 먼지들도 털어내지는 기분이야.

화장실에서 나와 부엌으로 가서 물을 먼저 끓여. 작은 컵라면이니까 포트기에 5초 정도만 물을 담으면 돼. 삼각김밥은 전자레인지에 10초 돌렸어. 그 담엔 냉장고로 가서 차가운 이슬이 맺힌 맥주 한 캔을 꺼내. 그 옆에 잠자고 있는 삶은 양배추를 보며 잠깐 고민해. 그러다 양심상 양배추 한 조각도 꺼냈어. 스트링치즈보단 낫겠지. 라고 생각해. 탄단지에 식이섬유까지 겸한 균형 있는 야식이야. 라고 생각할 때쯤 물이 다 끓어서 라면에 물을 부었어.

양손 가득 야식을 바리바리 싸 들고 방으로 돌아와 보니 아까 벗어둔 책임감 묻은 허물들이 애처롭게 날 쳐다보고 있어. 너네 오늘 하루 고생했다. 라고 혼잣말 하면서 발로 구석에 대충 밀어 둬. 간이 테이블을 침대에 올리고 손에 든 야식을 소중하게 세팅해. 리모컨을 찾아 TV를 켜고 침대에 앉았어. 실은 난 이중생활을 하는 중이야. 낮에는 세상에서 제일 경직된 직장 의자 생활을 하지만 밤이 되면 세상에서 제일 편한 책상다리 좌식생활을 하거든.

TV를 켜서 소셜미디어의 사회적 책임에 대한 다큐를 재생했어. 김다솔 재생목록에 근거한 알고리즘으로 유튜브가 자동 재생되는 것보단 삶에 도움이 되지 않을까 하는 마음으로 틀었어. 보다 보니 어쩌면 내가 종일 모니터를 보고 앉아있는 것도 마음을 병들고 머리를 어지럽게 만드니까 사회적 책임이 있는 게 아닐까 하는 의구심이 들어. 그래도 난 내 일이 좋아. 그래서 내일이 기대돼. 라고 스스로 위로의 말을 건네다 보니깐 라면이 푹 익은 느낌이 와.

라면 뚜껑을 열고 맥주를 깠어. 아끼는 컵에 맥주를 한가득 따르고 넘치기 전에 급히 컵에 입을 가져가 한 모금 마셨어. 목구멍에 막혀서 낮에 하지 못했던 말들이 맥주랑 같이 내려가. 라면을 한 입 후루룩 먹은 다음에 마요 맛이 가득한 삼각김밥도 한 입 했어. 좀 짜다 싶으면 맹숭맹숭한 양배추도 한 입 먹고. 싱겁다 짜다 그러네. 싱짠싱짠 꽤 좋은 조합이야.

생각해보면 오늘 하루도 꽤 좋은 싱짠싱짠이었어. 컵라면처럼 짜다가 양배추처럼 싱겁기도 했어. 삼각김밥처럼 팍팍하다가 맥주처럼 시원하기도 했어. 아무런 마음의 준비가 안 됐는데 눈물이 나는 짠 대화들을 나눈 날에는 집으로 돌아와 별 의미 없는 싱거운 영상을 보거나, 열심히 준비해 간 대화가 생각보다 너무 허무해서 싱거웠던 날에는 짠 내 나는 영화를 보는 것처럼. 오늘은 하루가 싱짠싱짠이었어.

내가 선택하지 않은 일을 하게 되는 날도 있어. 왜 내가 선택하지 않은 것들을 해야 할까? 싶을 땐 이 일을 하게 된 처음으로 돌아가 보는 거야. 그럼 결국 내가 한 선택이라는 걸 인정하게 되거든. 하루를 보내면서 짠맛 나는 선택을 한 날엔 남은 하루에는 되도록 싱거운 선택을 해.

퇴근하며 편의점에 들른 것도, 영양소 균형이 잘 맞는 야식 메뉴 선택도, 좋아하는 자세로 앉아 TV를 켠 것도 싱거운 선택들이었어.

이 선택들이 단짠단짠이 아니라 싱짠싱짠인 이유는 잠시 틈을 주고 싶어서야. 일상에 싱거울 틈을. 짠 내 나는 것들이 덜 짜질 수 있게 싱거워질 틈을.

수영은 좋아하고 시나몬은 싫어해요

엉 쏨

우리는 마음이 고달프고 요동칠 때마다 글을 썼다.

이것은 다솔이 그의 블로그에 썼던 에세이의 한 줄이다. 나는 이 글을 읽고 내 마음을 읊은 것 같은 기분이었다. 요동친다는 표현이 특히 그러했다. 글을 쓴다는 것. 현재의 우리를 정갈하게 다듬는 시간이자 미래의 우리에게 지금의 우리가 할 수 있는 최선의 조언이었다. 그 마음의 원형에는 글이 우리를 치유한다는 믿음이 있으리라.

엉　다솔님은 언제부터 블로그에 글을 썼어요?

쏨　10년 정도 되었는데 처음에는 그냥 일기처럼 시작했어요. 근데 그쯤이 지금의 유튜브처럼, 블로그로 마케팅을 시작하던 시기였어요. 그래서 저도 자연스럽게 대외활동 경험이나 교환학생, 인턴 후기 등을 쓰곤 했는데 그게 재밌었어요.

명　아, 그래서 다솔님은 블로그를 '10년 동안 나랑 같이 성장해 온 동지'
　　라고 정의했군요. 구독자가 1천 명이나 되던데요?

솔　미국 텍사스로 교환학생을 갔을 때 학식 후기를 쓴 적이 있는데, 그게
　　한 번 네이버 메인에 걸렸어요. 그때부터 대학생으로서 저와 비슷한
　　고민이 있는 20대 친구들에게 도움이 되는 글을 쓰고 싶단 마음으로
　　'탐 앤 탐스' 아르바이트 경험이나 '코엑스' 인턴 후기 글을 썼고요. 제
　　가 먼저 경험한 일에 대한 후기를 궁금해하는 사람들이 주로 제 블로
　　그에 왔고요.

명　그렇구나. 혹시 블로그를 운영하면서 기억에 남는 일화도 있어요?

솔　그날도 독서모임에 갔는데, 같은 모임도 아니었고 옆 모임에 얼굴만
　　아는 지인을 1층 엘리베이터 앞에서 우연히 만난 거예요. 깊이 아는
　　사이는 아니라고 생각했고요. 그런데 그분이 갑자기 이슬아 작가님의
　　〈부지런한 사랑〉이라는 책을 건네는 거예요. 그러면서 제가 올 걸 알
　　고 있었다며 이 책을 주고 싶다고 했어요.

명　어머! 너무 귀여워요.

솔　그러면서 저더러 블로그에 쓴 글을 잘 보고 있다며 이 책을 읽고 독후
　　감을 남겨달라고 하더라고요? (웃음) 몇 년 전부턴 영상 중심의 매체
　　에서 많은 정보를 접하다 보니, 요즘은 블로그에 정보성 글보다는 일
　　기장처럼 에세이를 써 내려가는 중이었거든요. 책을 읽고 쓴 생각도
　　있었고요.

블로그라는 통로로 저의 에세이를 좋아해 주시는 분들을 만날 때마다 글을 계속 쓰고 싶다는 마음이 강하게 드는 것 같아요. 처음부터 어떤 목적을 가지고 시작했던 게 아닌데 이런 피드백을 받다 보면 글을 쓰는 목적이 생기는 느낌이에요.

멍　저도 블로그 글 중에 2018년에 쓴 〈싫어하는 것들에 대한 편견〉을 재밌게 봤어요.

솔　아, 그 글은 제가 '싫어한다'라고 생각했던 것들이 '편견'인지 '진짜 싫어하는 것'인지 알아보자는 생각으로 했어요. 해보지도 않고 그게 진짜 싫은 건지는 알 수 없으니까요. 해보니 '수영'과 '탈색'은 제 편견이었고 '하이힐'과 '시나몬'은 진짜 싫어하는 것이었어요.

멍　세상에! 저는 하이힐과 시나몬을 사랑해요.

솔　하하. 2018년 전에는 수영을 안 했는데 지금은 바다 수영을 하는 날에는 꼭 스노클링 도구를 가져가서 스노클링을 즐겨요. 물에서 노는 게 제 생각과 달리 잘 맞았던 거죠. 제가 원래 편견이 되게 심한 사람이었거든요? 호, 불호가 강해서 그게 사람한테도 적용이 되었던… 처음에 친해지고 싶다는 생각이 안 들면 잘 다가가지 않고 마음을 열지도 않았던 것 같아요.

멍　정말요? 지금의 다솔님은 전혀 그런 성향의 사람으로 안 보이는데 신기해요.

싫어하는 것 속으로 제 발로 들어가서 그게 진짜 싫어하는 것인지 알아채기 위한 노력을 하는 사람이라니. 다솔은 마지막 말을 마치고 인터뷰를 시작할 때 시켜둔 하우스 와인 한 잔을 꼴깍 마셨다.

다솔은 자기 자신에 대해 솔직하다. 그래서 다솔과의 대화는 매력적이다. 다솔은 과거의 다솔과 지금의 다솔을 비교하며 줄곧 이야기해 주었다. 그리고 나는 다솔을 들으며 지금의 다솔은 미래의 다솔과 또 다른 사람이겠구나. 하는 상상을 자연스레 하게 되었다. 그러나 다솔의 소망처럼 조금 더 현명하고 따뜻한 사람으로 서 있을 것이다. 다솔스럽게. (다솔의 블로그명: 다솔스런 이야기들, 따뜻하고 현명한 사람으로 살고 싶습니다)

다솔과 헤어져 집에 오는 길에 한참을 걸었다. 그리고 내게도 충분히 해보지 않고 '싫어한다' 규정한 일들이 없는지 마음이 바빠졌다. 다솔을 만난 숙대입구역 파스타집에서 내가 사는 해방촌까지 걸어오는 데는 술렁이는 걸음으로 지나오면 30분 정도가 걸린다. 일부러 아는 길을 피해 우회하는 길목에 서니 퇴근하고 자주 만나는 편의점이 있었다. 야식을 살 때 주로 들러 컵라면과 탄산수를 집어오는 곳. 그리고 함께 진열된 캔맥주를 응시하다 오는 곳.

나는 스물넷에 처음 캔맥주를 마셔봤다. 스무 살이 되고도 4년 만의 일이었다. 다솔이 싫어하는 것에 대한 편견을 이야기하며 하우스 와인을 마실 때 나는 내가 가진 술에 대한 마음이 처음으로 깨졌다. 그 마음이 조금 복잡하고 어색해서 그 자리에서 마음을 뱉어놓진 못했다.

성인이 되어서도 내가 술을 마시지 않았던 이유는 다층적이다. 읽고 보고 듣고 쓴, 여러 장면을 수면 위로 올려 두 문장으로만 나열해 본다면 우선 스스로 취하고 싶지 않았고, 두 번째로 취한 이들을 목도할 때 마음이 어려워졌기 때문이었다. 그러다 20대 중후반에 나를 알아 가기 위한 여러 심리 서적을 읽으며 처음으로 내가 가진 술에 대한 마음이 '두려움'에 가까운 외형이라는 걸 어렴풋이 알게 되었다. 나는 내게 엄격한 편이어서 술이 나를 나약하게 할까 두려웠다. 또 나의 주변이 함께 어지러워질까 두려웠다.

알코올 중독을 겪은 이야기를 또렷하고 솔직한 목소리로 담아낸 캐럴라인 냅의 에세이 한쪽에 이런 문장이 있다.

「술은 멋지게도 자기 모순적인 효과를 발휘하여, 내가 울 수 있도록 긴장을 풀어주면서도 동시에 너무 많이 혹은 너무 오래 울리지는 않도록 고통을 마비시켜주었다. (중략) 어머니가 즐겨 하신 말씀 중에 "인생은 드레스 리허설이 아니다"라는 말이 있었다. 술을 끊기 전 몇 달 동안 나는 저 말을 수시로 떠올렸다. 술을 지나치게 마시면, 인생의 힘든 순간들을 겪어내는 데 술에 지속적으로 의지하면, 삶의 모든 일이 현장이 아닌 연습인 양 느껴지기 시작한다.」
- 캐롤라인 냅 <명랑한 은둔자> 중

독서모임에서 '중독이란 무엇일까'에 대해 질문을 받은 적이 있다. 나는 그때 '내가 원하지 않는데 자꾸 하는 상태'라고 답했다. 무언가 좋아하면 골

똑히 마음에 품고 풀리지 않는 문제엔 집요해지는 나의 성향을 돌이켜봤을 때, 술에 대한 내 의식이 건강하게 자라나기 전까지 술을 쉬이 접하지 않았던 건 잘한 일이었다는 판단이 들긴 하다. 특히 나처럼 중독에 취약한 기질을 가진 이는 더욱이.

그러나 다솔의 과거가 현재의 다솔과 다르듯 나도 스무 살의 어린 마음이 자라나 서른이 되었다. 나이가 든다는 것이 희로애락의 총량이 균형을 이루는 일이라면, 경사와 조사를 챙기는 마음에 술 한 잔이 마음 씀을 대신할 수 있다면… 이제 사려 깊게 술잔을 먼저 건넬 수 있는 어른이 되고 싶은 마음이 들기도 한다. 그 마음이라면 술에 취한다는 것이 나약한 마음의 뿌리에 물을 주고 책임감 없는 찰나의 자유를 자라게 하는 일이 아닐 수 있겠다 싶다. 술이 가진 속성을 직시하지만 동시에 얻을 수 있는 효용을 저울에 올려 두고, 오늘은 이렇게 내일은 저렇게 저울질해보고 싶다. 다솔처럼 와인 한 잔을 곁들여 파스타를 먹지 못하는 것은 조금 아쉬운 일이 아닌가 하기도 하고.

다음에 다시 만나 우리는 피자를 나누어 먹기로 했다. 나는 자연스레 다솔과의 피맥을 기대하며 자리에 왔다. 그런데 다솔은 콜라를 시키면서 말했다.

솔   지연님, 근데 저 이제 한 달 동안 금주할 거예요! 그래서 어제 사케 한 병 마셨어요.

멍   네? (동공 지진)

오늘부터 한 달간 금주하겠다고 어제 사케 한 병을 마셨다는 그녀. 빨대로 콜라를 쭈욱 들이켜더니 쫑알쫑알 이어 말한다.

솔   아니, 그러니깐~ 저도 이제 나이가 드니깐 예전 같지 않고~ (중간 생략) 제가 지난번에 한 달 동안 금주를 해보니깐 몸이 진짜 다르긴 하더라고요?

그렇게 한참 동안 다솔은 쫑알거렸다.

솔 단편 에세이 〈싫어하는 것들에 대한 편견〉

얼마 전 TV 프로그램 〈밥블레스유 - 마카오 편〉에서 나온 이영자의 이야기가 기억에 남는다. 30대에 패가망신을 겪은 이영자는 과거의 자신을 바꾸고 싶어 '완전히 새로운 내가 될 거야'라고 다짐했다고 한다. 그 첫 번째 변화로 평소 강아지를 싫어하던 이영자는 개를 키우기로 했는데, 주변 친구들이 정말 놀랐다고 한다. 그 정도로 큰 변화였다고. 하지만 지금은 둘도 없는 소중한 가족이 되었다고 했다. 또 사소한 생활 습관도 바꾸고 싶어서 매일 집에서 오른쪽으로 돌아가던 길을 왼쪽으로 가보기 시작했는데 그때 완전히 새로운 길이 있었음을 깨달았다고 한다.

평소에 싫어하던 것들, 편견에 대한 생각을 바꾸니 완전히 새로운 것이 보인다니. 취향을 조금씩 형성해가는 지금 이 시기에 나는 싫어하는 것들이 조금씩 생기기 시작하는데 내가 무얼 싫어하는지 먼저 알아보기로 했다. 그리고 내가 싫어한다고 생각했던 것들을 하나씩 부숴보기로 했다. 내가 해보지도 않고 싫을 거라고 편견을 갖게 된 건 아닌지 알아보고, 한번 좋아해 볼 수 있을지 도전해보기로 했다. 아래 리스트 중엔 이미 해본 것도 있고, 아직 준비 중인 것도 있다.

1. 계피

초딩 삼학년 정도의 시절, 어렴풋하게 기억나는 한 장면이 있다. 그때 어느 한 고깃집에서 밥을 다 먹고 나오면서 맛본 '계피 사탕'이 문제였다. 달달한 믹스커피맛인 줄 알고 입에 넣었다가 완전 봉변을 당했다. 그 후로 계피를 좋아하지 않게 되었다. 정말 적응이 안 되는 것. 계피 향이 너무 싫다. 뭔가 기분 나쁜 매운맛. 대표적으로는 추로스, 시나몬 향이 들어간 모든 음료, 계피 맛 사탕 등이 있다. 대학생 때 카페 아르바이트를 하며 시나몬 라떼라던지, 카푸치노 등을 만들 때면 시나몬 가루를 뿌리면서도 '와, 이걸 왜 먹을까'란 생각을 계속했다. 그중에서 그나마 따뜻한 와인을 계피와 향신료를 잔뜩 넣고 끓인 술인 뱅쇼는 일단 1. 술이다 2. 끓였으니 향신료의 향이 좀 날아갈 것이다 라는 허무맹랑한 합리화를 해보면 마실 수 있다. 예전에 누군가 오렌지와 사과를 잔뜩 넣고 계피를 한가득 넣은 뱅쇼를 건넸을 때의 좋은 기억이 있어서인지 참을만했다. 그래서인가 어쩌면 나도 좋아할 수도 있다는 생각이 들었다.

2. 고수

태국 음식이나 쌀국수 먹을 때 절대 안 먹는 고수. 먹어도 먹어도 적응 안 되는 고수의 향과 맛은 도무지 무슨 맛으로 먹는 건지 모르겠는데 고수 팍팍, 고추 팍팍, 스리라챠 듬뿍 넣고 쌀국수 먹는 사람들이 짱 신기하다. 그래도 멕시코 음식이나 타코, 부리토에 들어가는 건 그나마 좀 먹는다. 왜냐면 뺄 수 없기 때문에. 방콕 여행 갔을 때 시도해보려 했으나, 결국 고수 빼주세요 (NO 팍치)라는 말을 핸드폰 배경화면에 적용해두고 들고 다니며 종업원들에게 보여줬다. 언젠간 고수가 당기는 날이 오기도 할까? 고수를 넘어서 진짜 맛있는 음식을 먹는 날이 그날일 것 같다.

3. 수영

어릴 적 수영장에서 겪은 안 좋은 추억이 있어 수영을 무서워했다. 수영장 가는 건 좋아하지만 물장구치는 정도지 잠수라던가 예고 없이 물에 빠져서 코끝이 찡해지는 그 기분이 정말 싫다. 하지만 일본 오키나와에서 스노쿨링을 처음 경험 해 보고 난 후에는 어? 수영 재밌네? 라는 생각이 들었고 꽤 건강한 스포츠라는 느낌이 들었다. 평생 배울 일이 없을 줄 알았는데 진짜 배워볼까! 올해 안에 꼭 수영 등록하고 예쁜 수영복 입고 물개처럼 수영할 거다.

4. 힐과 부츠

나는 운동화 신는 걸 정말 좋아한다. 어렸을 때부터 키가 크고 말라서 별명이 대나무였다. (물론 지금은 아니다) 그래서 여기서 더 클 필요가 없다고 생각했고 굳이 힐을 신어야 할 필요성을 느끼지 못했다. 더욱이 힐을 신고 불편하게 걷는 게 너무 싫어서 힐을 언제 마지막으로 신었는지도 모르겠다. 몸에 걸친 것들이 내 몸을 불편하게 하거나 답답하게 하는 그 기분이 싫다. 목을 감싸는 니트라던지 꽉 끼는 속옷도 불편해서 오래 입고 견딜 수가 없다. 근데 요즘은 내가 안 해본 색다른 스타일들을 도전해보려 하는데 그 중의 하나가 힐이다. 굳이 내 발을 아프게 할 필요는 없지만, 때론 힐을 신고 또각또각 걷는 것이 매력적으로 보일 때도 있는데 내가 너무 불편하다고만 생각하지 않았나 싶다. 올해 안에 예쁘고 편하고 간지나는 힐 혹은 힐부츠를 사서 새로운 스타일을 도전해보고 싶다.

5. 넷플릭스

왓챠만 보느라고 눈도 안 돌렸던 넷플릭스. 왠지 모두가 다 하면 괜히 하기 싫은 그런 느낌적인 느낌으로 버티고 있었다. 오늘 넷플릭스에 올라와 있는 콘텐츠들을 훔쳐보니 미드나잇 인 파리가 있다. 다음 달부터 넷플릭스 결제다!

6. 탈색

28년 인생 한 번도 안 해본 탈색을 태어나서 처음 해봤다. 전혀 상상도 못 해본 머리 스타일이라 너무 당황스러워 우울하고 또 우울했지만 이젠 그냥 받아들이고 오히려 새로운 스타일들을 시도 중이다! 그동안 내가 싫다는 편견으로 시도해보지 않은 게 많았던 것 같다. 은근 까다롭게 취향을 정했던 것 같지만 한번 안 해본 것들을 해보고 견문을 넓히고, 싫어하더라도 해보고 싫어해 보자는 생각이 들었다. 음, 올 한 해 재밌겠네!

p.s. 28살 여름, 블로그에 썼던 글이고 지금은 서른이 되었습니다. 이제는 왓챠를 보지 않고 탈색은 다시는 하지 않습니다. 계피와 고수는 도전해봤으나 여전히 못 먹고 힐과 부츠는 낮은 굽으로 즐겨 신습니다. 저 때 이후로 오키나와에서 스노클링을 도전한 후 수영 학원을 끊었고 지금은 수영을 아주 좋아해요.

Chapter 4
노래를 섞는 취미, 나무를 깎는 취향

멍에게 취미는 '못해도 재밌는 것'이고
취향은 '나의 정체성을 감각화하는 것'입니다.
솔에게 취미는 '삶을 더욱 풍성하게 맛볼 수 있게 하는 것'이고
취향은 '나를 더 궁금하게 만드는 것'입니다.

피자와 떡볶이

엉 쏨

요즘 내가 매력을 느끼는 사람은 '무엇'이면서 '무엇'인 사람이다. 그러니까 편집자이면서 유튜버, 뮤지션이면서 책방 주인, 마케터이면서 연설가 같은. 한 사람 안에 다양한 욕망이 있다고 믿는 편인데 그 욕망을 잘 다듬어서 직업 이상의 가치들을 세상에 드러내는 사람들이 멋져 보였다. 물론 '무엇'도 되기 어려운데 또 다른 '무엇'까지 된다는 게 무척 어려운 일이다. 그래서 먼저 된 '무엇'에 충실하면서도 그 어려운 걸 해내는 이들을 볼 때 영감을 받는 걸까.

내가 보는 다솔도 그런 사람이다. 다솔은 엔터테인먼트 회사 기업문화팀에서 일한다. 이전에 몸담았던 스타트업에선 여러 브랜드 행사와 공연 페스티벌을 기획해 본 경험도 있다. 그리고 작년에는 지인들을 초대한 공간에서 디제잉 공연을 하기도 했다.

멍   다솔님은 언제부터 음악을 좋아했어요?

솔 중학교 땐 밴드를 했고 고등학교 땐 흑인 음악 동아리를 했어요. 이런 이야기는 어디 가서 절대 한 적이 없는데 부끄럽지만, 보컬을 했고요.

멍 우와!

솔 (웃음) 대학교 땐 영어회화 동아리를 했는데 거기선 뮤지컬 공연도 했어요.

멍 우와 우와!

솔 어릴 땐 주로 보컬 포지션에 있어서 무대 앞에 서는 사람이었어요. 그런데 지금은 주인공을 하고 싶다는 욕심보단 저보다 더 음악을 잘하는 사람들을 지켜보고 응원하는 게 좋더라고요. 20대에 처음 정규직으로 일했던 회사가 페스티벌을 주최하는 회사였어요. 그때 아티스트들의 공연을 라이브로 볼 기회가 많았고 동료들도 인디나 힙합, EDM 음악을 좋아해서 자연스럽게 영향을 받았죠. 그 후로는 EDM 페스티벌도 자주 다니고 이태원에 디제잉 공연 보러 다니면서 디제잉을 배우게 됐어요! 그게 지금은 온전한 취미가 된 것 같고요.

멍 멋져요. 혹시 추천해 주실 수 있는 디제이가 있다면요?

솔 국내에선 Grid라는 디제이를 좋아하고, 해외 음악은 Oliver Nelson을 요즘 많이 들어요! 특히 Slow Steady Club이라는 의류 매장의 BGM을 디제이 Grid 씨가 직접 믹스한 음악으로 틀어놓는데요, 그 매장도 좋아하고 Grid 씨의 믹스도 좋아해서 사운드클라우드에서 자주 들어요.

여기까지 말하고 다솔은 사운드클라우드에서 그의 믹스셋을 내게도 들려주었다. 다솔의 믹스셋 타이틀은 'Loving you is so easy' 믹스셋의 커버 이미지도 직접 그렸다. 하트 안에 faith라는 글자가 새겨져 있고, 그 하트를 헤드셋이 감싸고 있는 형상이다.

멍   이 일러스트는 무슨 의미예요?

솔   제가 2015년에 미국 서부 여행을 일주일 동안 간 적이 있어요. 그때 할리우드 거리를 구경하다가 우연히 길거리에서 본 헤나가 너무 예뻐서 줄곧 하고 다녔는데 그 헤나가 하트 안에 faith라는 글자가 새겨진 모양이었어요.

그때 라스베거스랑 LA를 혼자 여행하고 있던 때였는데… 사실 좀 무섭기도 했거든요? 근데 신기하게도 헤나를 붙이고 다니면서부터 이상하게 용기가 생기는 거예요! 저를 지켜주는 말 같았어요.

멍   세상에. 라스베거스를 혼자 여행 한 사람은 보기 드문 것 같은데.

솔   하하. 저도 그때는 무슨 용기였나 싶어요. 그래도 덕분에 여행은 잘 다녀왔어요. 한국에 와서 믹스셋을 만드는데, 음악이 저의 큰 일부이 다 보니 faith가 새겨진 하트를 이어폰이 감싸고 있는 형상으로 만들 면 좋겠더라고요. 그래서 그렇게 그려봤어요.

멍   재밌네요. 어떤 부분에서 디제잉에 매력을 느껴요?

솔   음… 디제잉의 매력은 피자랑 떡볶이를 같이 먹는 마음 같은 거예요. 피자도 먹고 싶고 떡볶이도 먹고 싶은 날처럼, 한 곡에서 다른 곡으로 자연스럽게 이어지는 선곡 믹싱을 하는 거랄까. 그게 너무 재미있어 요. 음악이 공간에 주는 힘이 있다고 생각하거든요. 어떤 공간에 음악 이 곁들여지느냐에 따라, 그 공간에 더 머무르고 싶기도 하고 빨리 나 오고 싶기도 하잖아요?

실제로 다솔은 독서모임에서도 모임 전이나 쉬는 시간이면 자신이 믹싱한 곡을 배경음악으로 한 번씩 틀어주기도 했다. 서로 다른 사람들이 한자리에 모여 어색한 기운을 내고 있을 때면, 그의 곡이 피자와 떡볶이처럼 우리 안에 스며들었다.

멍　다솔님, 디제잉에 대한 마음이 너무 진심 같아요.

솔　하하. 제가 EDM 페스티벌을 좋아해서 디제잉 공연을 보러 다녔는데요, 마침 그즈음에 엔터테인먼트 회사로 이직을 하면서 본격적으로 디제잉을 배웠어요. 그렇게 자연스럽게 취미가 되었는데 직장인이 되고 나서 '이렇게 즐거워도 되나' 싶을 만큼 재미있게 무언가를 배운 취미는 처음이어서 삶에 큰 활력이 되어요.

다솔은 그의 균형 있는 일상을 지탱하는 힘은 책, 운동, 디제잉 세 가지 취미에서 나온다고 덧붙이기도 했다. 그녀에게 취미는 '삶을 더욱 풍성하게 맛볼 수 있게 하는 것'이다. 책 취향을 물어보니 에세이, 그리고 본업인 조직문화와 관련된 경영서를 좋아한다고 했다. 무엇인가를 좋아한다는 열망은 참 귀하다. 그러나 어떤 열망은 시간이 지나 사그라들기도 한다. 그런 의미에서 열망을 지켜내는 감각은 행동에 기인한다. 좋아하는 것을 자꾸 해보면서 몸과 마음에 열망을 육화하는 것.

멍　참, 다솔님 사이드 프로젝트 이야기도 구체적으로 듣고 싶어요.

솔　아, 제가 가수 빈지노 씨를 대학생 때 축제에서 처음 공연을 본 이후부터 오래도록 좋아했어요. 그분의 〈Nike Shoes〉라는 곡에 '회색 도시 속 그녀가 신은 민트색 Nike shoes'라는 가사가 나오는데요. 그 가사를 그리고 싶었어요. 민트색 나이키 신발에 gray city를 배경으로 글씨를 넣어 티셔츠를 디자인했어요. 처음에는 그냥 제가 입고 싶어서 만든 옷이었는데… 그걸 본 지인분들이 구매하고 싶다는 이야기를 해 주시더라고요? (웃음) 그래서 사이드 프로젝트로 티셔츠 업체 여기저기 알아보고 발주해서, 블로그를 통해 홍보랑 판매를 해봤어요. 100장 정도 판매했죠.

나는 다솔이 빈지노 씨를 좋아하고 그의 가사를 담은 티셔츠를 만들고, 엔터테인먼트 회사를 다니면서 취미로 디제잉 공연을 하는 사람이라는 걸 알고 있었으면서도 머리로 아는 것과 눈으로 직접 보는 것 사이에 괴리감을 깨달았다. 맛있는 음식이 세상에 존재한다는 걸 아는 것과 그 음식을 직접 보고 내 입에 넣는 것은 다른 감각인 것처럼. 기억을 더듬어 눈빛을 반짝이며 그녀가 좋아하는 것들을 꺼내 보는 것은 다른 세상이 열리는 기쁨이었다. 그 세상에서 나는 좋아하는 마음이 무엇인지, 어떤 동기가 한 사람의 눈빛을 이토록 반짝이게 만드는지 궁금해졌다.

멍 우리 장기하 씨의 〈상관없는 거 아닌가?〉라는 책을 좋아하잖아요. 제가 인스타그램에 그 책 리뷰를 남기고 다솔님이 '진짜 이 책은 너무 너무 좋아요'라는 댓글을 달았을 때부터 다솔님하고 많이 어울리는 책이라고 생각했어요.

솔　맞아요. 저 장기하 씨를 스무 살 때부터 좋아했던 것 같아요.

멍　세상에. 왜 그렇게 좋아했어요?

솔　장기하 씨에 대한 제 마음은 두 가지 이유가 있는데요, 우선 그 사람의 말장난이나 재치가 좋아요. 저는 위트 있게 글 쓰는 걸 좋아하는데 장기하 씨가 그런 사람 같아서요. 〈사람의 마음〉이나 〈그렇게 왜 그랬어〉, 〈ㅋ〉의 가사 같은.

멍　아, 그런 면이 이 책에서도 많이 드러나죠. 우선 제목부터 〈상관없는 거 아닌가?〉

솔　맞아요. 그리고 다른 이유는 뭔가를 열렬히 좋아하는 게 있는 사람이라서인 것 같아요. 저는 자기 일에 몰두하는 사람을 좋아해요. '나는 밴드를 했던 것이 아니다. 밴드를 믿었다. 밴드라는 것이 가진 특별한 가치를 진심으로 믿었던 것이다' 책에 이런 말이 있는데 장기하라는 사람은 자기 음악을, 밴드를 누가 뭐라 해도 열렬히 좋아해 온 사람이라고 생각했어요.

　　그리고 그 뒷부분에는 이런 이야기가 나와요. '아마 누구나 그렇겠지만, 나는 늘 뭔가를 믿고 싶었던 것 같다. 솔직히 말해 지금은 아무것도 믿지 않는다. 무언가를 좋아하기도 하고 그것에 연연하기도 하지만, 종교처럼 믿지는 않는다' 뭔가를 많이 좋아하는데 동시에 집착을 버리고 싶어 하는 사람. 사실 굉장히 모순적인 말인데, 저는 이게 장기하라는 사람이 자기 객관화를 하는 방법이라고 생각해요. 그 두 가지 마음 사이를 오며 가며 모순적인 자신을 인정하는 문장들을 보며 굉장히 위로되기도 했고요.

다시 이야기하겠지만 다솔은 모순을 사랑하는 사람이다. (양귀자 선생님의 〈모순〉이라는 책을 내게 강력 추천한 바도 있다) 그리고 나는 모순을 사랑하는 다솔을 애틋해 한다. 다솔과 이야기하다가 스스로 되묻게 되었다. 나는 무엇을 열렬히 좋아하는 사람인가? 그것이 만약 인격적 대상이라면 나는 대상에 대한 사랑을 어떻게 표현하는 사람일까?

다솔은 취향을 '나를 더 궁금하게 만드는 것'이라고 정의한다. 빈지노 씨의 음악과 가사를 좋아하는 사람. 장기하 씨의 책과 말장난을 좋아하는 사람. 무엇인가에 열렬하지만 집착하고 싶지 않은 모순을 사랑하는 사람.

다솔의 취향은 다솔을 궁금하게 만든다.

버터나이프와 나무젓가락

솔 쓺

독서모임 멤버들과는 매달 한 번 번개로 모여 글쓰기 모임을 했다. 번개가 열리면 시간이 되는 사람만 자유롭게 참여한다. '일기', '섬', '색깔' 등의 랜덤 단어를 추첨하여, 이 키워드를 주제로 한 시간 동안 글을 쓴 후에 익명의 오픈채팅방에 각자 쓴 글을 올리고 합평을 하는 모임이다. 평소 생각해본 적 없는 단어에 대해 한 시간 동안 몰입해서 생각해보는 경험과 짧은 시간 내에 모든 순발력을 총동원하여 한 편의 글을 완성해 내야 하는 짜릿함, 그리고 마지막엔 누구의 글일지 맞춰보며 합평을 하는 쏠쏠한 재미가 있는 모임이었다. 내가 글쓰기 모임을 열 때마다 지연은 단골손님으로 참여해주었다.

스무 명의 멤버 중에서 주최자인 나를 포함해 단 세 명만이 모인 날도 있었는데, 그중 한 명은 역시나 지연이었다. 지연은 그날도 조용히 모임방 문을 열고 들어와 자리해 주었다. 그날의 랜덤 단어는 '그릇'이었다. 단어를 받자마자 노트북 타자를 우다다다 두들겨대던 나와 달리, 지연은 모임방 구석에 앉아 종이에 사각사각 글을 적고는 이를 다시 핸드폰에 옮겨 적었다. 한 시간이라는 시간 동안 글감도 생각하고, 꽤 긴 분량의 글을 연필로 적고, 다시 핸드폰에 옮겨적는 번거로움을 하는 지연을 보며 의아했다.

한 시간이 지나고 지연은 얼마 전 참여한 우드카빙 클래스에서 본인이 직접 만든 자그마한 그릇에 대한 글을 완성했다. 우드카빙은 나무를 조각해서 간단한 인테리어 장식품이나 도구를 만드는 것이다. 얼마 전 〈나 혼자 산다〉 예능 프로그램에서 배우 경수진 씨가 우드카빙을 하는 걸 본 기억이 났다. 지연의 글 속 섬세하면서 수고롭지만, 기분 전환이 되는 우드 카빙이 꽤 재미있어 보였고, 지연과도 잘 어울리는 취미일 거라 생각했다. 언젠가 지연과 함께 우드카빙을 해보면 재미있겠다는 막연한 상상을 했다. 그리고 다솔의 상상은 현실이 된다.

멍과 솔 가위~바위~보!

미리 우드카빙 키트 두 쌍을 집으로 주문한 뒤, 퇴근 후 지연을 초대했다. 가위바위보로 각자 원하는 키트를 선택했고 나는 버터를 발라 먹을 때 사용하는 버터나이프, 지연은 통통한 나무젓가락을 골랐다. 틀이 잡혀 나온 호두나무를 조각칼로 깎기만 하면 완성되는 셀프 DIY키트였다. 동봉된 목장갑을 끼고는 호두나무와 조각칼을 양손에 들었고 한 결 깎아내리는 그 순간 멈칫, 직감했다.

'와, 나 이거 못하는데'

학창시절 〈가정과 기술〉 시간을 가장 싫어했던 나는 촘촘하고 반듯하게 바느질을 하는 친구들과 나의 삐뚤빼뚤한 바느질을 비교하며 내가 남들보다 손재주가 없다는 걸 깨달았다. 그 후로도 미술 시간이나 가정과 기술 시간에 무엇이든 손가락으로 주물러 만드는 숙제가 있으면 하교 후 엄마에게 대신해달라고 가져갔던 어린 시절 추억이 있으니. 우드카빙이 재밌겠다고 생각했던 건 나의 큰 오산이었다.

내가 가위바위보에 이겨 자신감 있게 먼저 고른 버터나이프는, 지연의 동글한 젓가락에 비해 난이도가 높았다. 조각칼에 힘을 주어 깎아내리면 예쁘게 정제되어 나온 호두나무도 어설프게 모가 났다. 기다랗게 직선으로 뻗은 젓가락에 비해 손잡이도 있고, 버터를 풀 만큼 날카로워야 하는 날도 있는 버터나이프는 굴곡이 많아 한 번 깎으면 울퉁, 두 번 깎으면 불퉁. 반대편부터 깎아봐도 울퉁 불퉁거렸다.

우드카빙은 같은 동작을 반복해가며, 도를 닦는 마음으로 나뭇결을 따라 두 번 세 번 깎아야 하는데 10분 이상 같은 동작을 하면 엉덩이가 들썩이고 손가락은 쥐가 날 것처럼 아렸다. 일단 해보자는 마음에 집중하고 있는데 옆에서는 스윽 사악 듣기 좋은 소리가 났다. 흘끗 옆을 보니 지연의 나무젓가락이 동그랗게 깎이고 있었다.

솔   지연님, 이거 좀 어려워요.
밍   그거 어렵죠? 버터나이프 굴곡이 많아서 어려워 보여요.

솔 제가 나무젓가락 할 걸 그랬어요. 가위바위보 질걸.

멍 그래도 잘하고 있어요. 다솔님, 벌써 나이프 모양이 나오는걸요?

버터나이프는 원래 나이프 모양이 잡혀서 배송되어왔다. 지연의 위로 섞인 거짓말을 들으며 나이프를 깎았다.

솔 지연님 글에서 본 우드카빙은 꽤 재밌어 보였는데. 우드카빙의 어떤 점이 재미있었어요?

멍 성수동 공예방에서 우드카빙 원데이 클래스를 신청했었는데요. 배우러 가는 길에 비가 엄청 많이 왔어요. 공예방 문을 열자마자 눅눅한 나무 냄새가 나더라고요. 공방 안에는 잔잔한 배경음악이 흘러나오고, 음악과 함께 사각사각 나무가 썰리는 소리가 합쳐져서 마음이 편안해졌어요. 제가 아날로그한 걸 좋아해요. 편한 디지털보다 굳이 공들여서 하는 행위들이 제 마음을 편하게 해 주거든요.

솔 그러고 보니 지연님 책은 좋아해도, 전자책은 안 읽던데.

멍 전자책보다 종이책을 좋아해요. 전자책도 몇 번 시도해봤는데 잘 안 맞더라고요. 역시나 종이책이 좋아요. 얼마 전에 집에 있는 책을 한 번 세어보니 312권이더라고요. 천 권까지 갖는 게 목표예요.

솔 천 권이요?

멍 네. 저는 물건도 잘 못 버리고 한 번 쓴 물건을 오래 쓰는 걸 좋아해서. 어렸을 때부터 받았던 손편지도 모아두었어요.

솔 지연님 집에도 원목으로 된 가구가 많던데. 나무로 된 제품들을 좋아하나 봐요. 우드카빙, 손편지, 책, 그리고 원목 가구들.

지연의 집 원목 탁자 사물함에는 지연의 아주 어릴 적부터 모아둔 손편지가 가득했다. 편지 한 층을 걷어내고 또 다른 한 층을 걷어내어도 겹겹이 쌓여있는 편지 더미. 오래된 종이와 바랜 펜 냄새. 지연에게, 지혜가. 지연에게, 수연이가. 빛바랜 형형색색의 스티커와 편지지들을 보고 있으면 지나간 시절에 대한 지연의 강한 애정이 보이는 듯했다.

명 제가 기계랑 안 친해요. 와이파이 설치하는 것도 힘들어서 집에서도 핸드폰 핫스팟 켜서 노트북 연결하고. 디지털 기계를 이용하지 않고 사부작거리는 걸 할 때 너무 마음이 편해요. 아날로그한 것이 제 취향이에요.

솔 지연님은 '굳이' 뭔가를 하는 사람이네요. 전에 SNS에서 '행복은 굳이 하는 행동들에서 온다'라는 구절을 본 적이 있어요. 굳이 열심히 선곡한 음악, 굳이 하는 연락, 굳이 쓰는 일기, 굳이 요리에 도전, 굳이 필터에 내려 마시는 커피, 굳이 하는 요가. 이런 행동들에서 행복이 온대요. 우드카빙도 물건을 사서 쓰지 않고 굳이 직접 나무를 깎아 만드는 행동이잖아요.

나는 집에 와이파이가 설치되어 있지 않아서 본인의 노트북도 핸드폰 핫스팟을 연결해서 쓰는 지연을 보고 한참을 웃었지만, 지연이 우유 거품기에 만들어 주는 폭신한 라떼를 좋아했다. 지연은 굳이 무언가를 하는 사람이다.

20년 넘은 파르페틱 순정 만화책 전집을 보관하는 사람. 블루투스가 아니라 턴테이블에 LP를 기스가 나지 않게 아주 정성스럽게 트는 사람. 이런 수고로운 행동 속에서 더 확실하고 소소한 행복을 찾는, 자신을 아껴주고 소중히 대하는 마음을 가진 사람. 굳이 수고를 하는 사고, 굳이 돌아가지만, 굳이에서 오는 행복을 아는 사람.

솔 지연님, 그럼 우드카빙이 취미에요?

멍 음, 취미보단 취향에 가까워요. 취미라고 할 만큼은 아니에요. 원목 가구나 아날로그를 좋아하는 것처럼 취향에 가깝죠. 저한테 취미는 못 해도 재밌는 거예요. 취미라는 게 잘한다 못 한다는 어느 비교군을 둘 수 없잖아요. 근데 어떤 취미는 계속하다 보면 어느 순간 점점 잘하고 싶은 마음으로 번져요. 그때엔 재미있는 마음을 잘하고 싶은 마음하고 합쳐 봐요. 유튜브처럼요. 못해도 재미있어서 시작했는데 어느 순간 잘하고 싶은 마음이 마치 일에서 잘하고 싶은 마음만큼이나 커지더라고요. 취미로 시작한 건데도요.

솔 맞아요. 저도 디제잉을 하다 보면 실제 디제이들이 공연을 어떻게 하는지 찾아보게 되고, 좋아하는 디제이도 생겨요. 최애 디제이들의 믹스셋도 이것저것 듣다 보면 나도 더 잘하고 싶다 하는 마음이 생기고요. 모든 취미가 꼭 그렇지는 않지만요. 얼마나 그 취미에 덕질을 하게 되는지에 따라서 어떤 취미들은 잘하고 싶은 마음까지 생기더라고요.

멍 전 20대 중후반까지 취미가 없었어요. 그래서 사람들이 취미가 뭐냐고 하면 '일'이라고 했어요.

솔   취미를 물어봤는데 일이라고 답하다니…

멍   하하. 그 당시 저한텐 일하고 연애가 제일 중요했어요. 그 두 가지에
      몰입해서 살다 보니 취미를 만들 시간이 없었거든요. 일은 그만둘 수
      가 없으니 연애를 안 하는 시기가 되어서야 혼자 있는 시간이 생기고
      그때부터 취미가 생기더라고요.

솔   그럼 그때 처음 생긴 취미는 뭐였어요?

멍   책 읽기요!

솔   역시 북튜버.

       취향과 취미에 대한 이야기를 나누다 보니 어느덧 우드카빙을 한 지 1시
간이 지났고 칼을 쥔 손이 저렸다. 잠시 칼을 내려놓고 한숨 돌려보니 테이
블 끝에 접힌 채 놓여있는 우드카빙 설명서가 보였다. 설명서는 안 보는 게
한국인 국룰이지만, 버터나이프 모양새라도 잡자 하는 마음에 설명서 안에
들어있는 '우드 카빙 하는 법' 영상을 켰다. 영상에 나오는 전문가의 폼과 내
폼은 크게 다르지 않았다. 나는 손재주가 없다는 마음으로 '될 대로 되라지'
라며 깎고 있었는데, 나름 우드카빙 하는 방법대로 가는 중이었다. 깎을 수
있는 호두나무를 모두 깎고 나면 사포질이라는 마지막 관문이 남아있다. 사
포질은 세 단계를 걸쳐서 해야 하는데, 퍽퍽한 사포질을 하고 기름칠까지 마
무리하고 나면 걸리적거리던 부분들이 기가 막히게 매끄러워졌다.

솔   사포질하니깐 완전 매끈해졌어요. 이게 내가 만든 버터나이프라니!

멍   거 봐요! 잘할 수 있다니깐!

솔 제꺼 너무 뭉툭해서 버터를 뜰 수 있을지 모르겠는데. 그래도 지연님이 만든 나무젓가락은 지금 당장 콩도 집을 수 있겠어요.

세 시간 정도의 칼질, 사포질, 기름칠 끝에 마침내 식탁에 올려놓아도 '이 집기는 이름이 뭐냐'라고 누군가 묻지 않을 정도의 모양새를 갖춘 버터나이프와 나무젓가락이 되었다. 이 세상에 딱 하나씩밖에 없는 각자를 닮은 김다솔표 뭉툭한 버터나이프가, 명지연표 동그란 나무젓가락이 되었다. 이 집기들을 보며 왠지 우리네 인생 같다며 웃었다.

절대 해내지 못할 거라 단정 지은 것들이나 나에게는 좀 과분하다 여겼던 것들이 한번 접해보면 취향이나 취미가 되기도 하고, 한번 접해서 재미있는 마음이 잘하고 싶은 마음이 되고, 취미가 일이 되기도 한다. 위에서 내려다보고, 아래에서 올려다보고, 뒤집어도 보면서, 조금씩 모난 부분을 만져주다 보면 얼추 우리가 아는 집기의 모습을 갖춘다. 이렇게 울퉁불퉁해서 어떻게 버터나이프의 역할을 하겠어? 하는 부분들도 사포질과 기름칠을 거치며 매끄러워지는 순간들이 올 테니 너무 걱정할 필요가 없다.

Chapter 5
함께 지향하는 가치들

멍에게 균형은 '안전장치'이고,
솔에게 균형은 '나랑 제일 잘 지내고 싶은 상태'입니다.

균형 깨기의 달

엉 씀

솔　지연님, 지연님! 저 오늘 지연님한테 할 말 많아요! 아니, 근데 진짜 어
　　떻게 지냈어요?

　다솔과 나는 인터뷰를 하기 위해 일주일에 한 번은 꼬박꼬박 시간을 내
어 만났다. 그렇게 함께 글을 쓴 지 곧 6개월 차에 접어든다. 우리의 만남은
서로에게 글이자 책이었고, 과거이며 미래였고, 자아이자 타인으로 마주하
는 시간이었다. 그 시간 동안 우리는 다름 안에서 같음을 무수히 발견하고
기쁨과 슬픔을 연결하며 비로소 조금씩 타인과 세상을 향해 나아가는 중이
었다. 그래서 이 시간은 일주일 중 내게 가장 귀한 시간 중 하나다.

　그런 다솔과의 만남을, 이번 달에는 세 번째 일요일이 되어서야 겨우 갖
게 되었다. 삼 주 전 지난달 마지막 인터뷰를 할 때 다솔이 말했다.

솔　지연님, 근데 제가 다음 달에는 인터뷰 시간을 내기가 좀 어려울 것 같

아요. 업무가 많이 바빠질 시기이기도 하고 제 곁에 소중한 사람들에게 시간을 좀 더 내어야 할 것 같기도 해서요.

나는 다솔이 그의 관계의 문을 열고 들어갔을 때 가장 안쪽에 서 있는 소중한 이들에 대한 마음이 얼마나 깊이 지키고 싶은 농도인지 잘 알고 있었기 때문에 흔쾌히 답했다.

멍   네! 다솔님. 우리 그럼 다음 달에는 각자의 삶에 좀 더 집중하고 나서 만나요.

그렇게 비가 추적추적 오던 일요일, 우리는 오후 늦게 해방촌에서 만났다. 나는 따뜻한 카푸치노 한 잔을, 다솔은 보조개를 머금고 아이스 아메리카노를 빨대로 쭉 들이켰다.

멍   다솔님, 많이 바빴죠? 잘 지냈어요?
솔   (아련)
멍   바쁜 일들은 좀 정리가 되었어요?
솔   지연님 제가 매일 〈마이루틴〉 쓴다고 했던 것 기억해요?
멍   그럼요! 다솔님이 일상 루틴을 중요하게 생각해서 기록하는 습관을 갖는다고 했던 것 기억나요.

〈마이루틴〉은 나만의 건강한 루틴을 가꾸기 위한 습관 형성 앱이다. 다솔은 루틴 관리 서비스를 애용한다.

솔   아니 제가 이번 달에는 〈마이루틴〉을 한 번도 못 쓴 것 있죠.
멍   와, 정말 정말 바빴군요?

　다솔의 왼쪽 팔뚝에는 작고 아주 귀여운 폰트로 balance 알파벳이 각
인되어 있다. 20대를 지나면서 나에게도 '균형'은 '열정' 보다 중요하게 삶을
통해 각인된 가치였다. 그래서 오래전 독서모임에서 다솔이 '저는 균형을 중
요하게 생각해요. 제 몸에 글자도 새겼어요'라고 이야기했을 때 우리가 다른
경험 속에 비슷한 배움을 얻은 사람인 것 같단 생각을 아주 강하게, 처음 했
었다. 그녀는 균형을 '나랑 제일 잘 지내고 싶은 상태'라고 정의한다.

멍   그래서 습관을 못 지켜서 일상의 균형을 깨뜨려본 소감은 어때요? 싫었어요, 좋았어요?

솔   우선, 싫었어요! 저는 운동도 하고 건강한 음식과 영양제를 먹고 책을 읽고 친구를 만나는 그 모든 시간을 일정량씩 유지하는 삶을 지키고 싶었거든요. 왜냐하면, 균형을 잃었을 때의 감정 기복을 경험해 봤기 때문에 그 상태를 다시 제 삶 안에 들여놓기가 무서웠던 것 같아요. 저는 저랑 잘 지내고 싶은데, 감정 기복이 생기면 저랑 잘 지낼 수가 없어졌어요.

멍   그 마음 너무 잘 알죠. 다솔님도 저도 '균형'이란 가치에 집중하는 이유가, 사실 '불균형'이 우리 삶을 갉아먹었던 경험이 있었던 걸 반증하는 거니까요.

솔   맞아요, 저는 뭔가에 지나치게 몰입해서 균형을 잃어버리는 상태가 두려워요. 왜냐하면, 더 올라갈수록 내려가는 게 힘들어지니까. 그 감정 기복을 견디는 게 무서워서 더 몰입하진 말자고 자신에게 약속했던 것 같아요.

그런데 한 달 동안 고군분투하면서, 한 편으로는 이런 생각이 들기도 했어요. 균형을 좋아하면 뭔가를 꾸준히는 해볼 수 있는데 뭔가에 있어서 더 강한 성장을 하긴 어렵겠다, 하고요. 근데 사실 올해 제 목표 중 하나가 '일에서의 성장'이었거든요. 그런 측면에서는 일에 너무 몰입해서 균형을 잃었던 이번 달이, 어떤 의미가 있었던 것 같기도 해요.

멍   어떤 의미가 있었는지, 그 부분 조금 더 자세히 설명해 줄 수 있어요?

솔 그러니까 하나를 선택적으로 몰입해서 균형을 깼다는 건, 다른 말로 하면 제 삶을 지탱하는 여러 가지 요소 중에 다른 것들을 '희생'시켰기 때문에 가능한 일이었던 것 같아요. 저의 경우 일을 선택하면서 운동과 독서, 지인과의 만남은 포기했던 거죠. 불균형한 상태로 '워크 앤 라이프' 밸런스는 깨지고 완전 워크에만 몰입했던 시간이었는데, 재미있게도 한 편으로 그런 몰입의 시기를 겪어내서 일에 대한 매너리즘을 뚫고 나올 수 있긴 했어요.

멍 일에 대한 매너리즘…?

솔 네, 제가 올해 목표 중 하나로 '일에서의 성장'을 꼽았던 건 작년 한 해 이직하고 나서 약간의 매너리즘이 왔기 때문이었거든요. 근데 이번에 완전히 일에 몰입된 상태로 큰 프로젝트를 경험하게 되었는데요, 그걸 진행해 보면서 실수도 많이 하고 깨져도 봤어요. 그러고 나니까 제가 조금 레벨 업을 한 것 같은 느낌이었어요.

멍 아하…! 그랬군요.

솔 사실 일과 관련된 실수를 하고 나서 제 마음이 조금 무너졌었거든요? 바람 빠진 풍선처럼 푹 꺼져버린 느낌이랄까. 그런데 그때 혼자 슬럼프를 겪고 있었는데 친한 친구가 달려와서 '그 하나의 사건으로 너 자신을 너무 갉아먹고 있는 것 같아. 그럴 필요 없어'라고 해줬어요. 그 말이 참 힘이 되더라고요.

멍 그랬겠다. 무너지는 순간에 그런 문장을 건네줄 수 있는 사람. 정말 큰 힘이 되는 것 같아요. 다시 일어날 수 있는 이유 같은 거.

솔 맞아요. 그래서 지금은 다시 균형을 찾는 중이고요. 그 당시 저를 돌아봤을 때 아, 내가 너무 일과 가까웠다, 일에 대한 온도가 너무 높았다. 하고요.

멍 근데 지금 그 문장 되게 모순적인 것 같아요. (웃음) 일에 몰입해서 업무 매너리즘을 극복하고 성장할 수 있었다, 그런데 일과 너무 친했다 보니 작은 실수가 더 큰 실수로 느껴져서 푹 꺼졌다, 그 마음이 나를 갉아먹는 게 싫었다, 그래서 다시 균형을 찾는 중이다…?

이 시나리오의 끝은 아마 다시, 균형을 찾아보니 일에서의 성장이 많이 고파졌다. 그래서 나는 다시 일과 친해질 것 같다, 처럼 들리거든요.

솔 하하. 그렇네요.

멍 어쩌면 그런 면에서 균형이라는 건, '워크'와 '라이프'를 꼭 구분해서 일정량씩 지켜내야만 이룰 수 있는 것이 아니라, 어떤 시기에는 완전히 워크에, 또 다른 시기엔 온전히 라이프에 집중하면서 나와 내 주변을 지켜내는 일이 아닐까 해요. 20대의 우리는 어쩌면 그 밸런스가 무너졌을 때의 이 감정 기복이 싫어서 몰입하는 것 자체를 두려워하고 피하려고 했던 건 아닐까요?

솔 아, 지연님 말을 듣고 보니 동의가 돼요. 저도 예전엔 일할 때 문제가 생기거나 실수를 하면 도망가고 싶었거든요? 앗 뜨거워! 하고 놔 버리게 되는. 그런데 이번엔 타격감은 있었지만 담담하게 제 실수를 인정하고 무너지지 않을 수 있었던 것 같아요. 회복력을 기르는 중인 거겠죠?

멍 멋지다, 다솔님. 우리가 이제 무너지는 것이 두려워서 몰입하지 않기를 선택하는 게 아니라 무너질 수도 있는 걸 알지만, 다시 곧잘 일어날 수 있다는 희망과 용기를 가지게 된 것 같아요! 때론 일에, 때론 사랑에, 그렇게 몰입되는 순간들이 우리를 총량으로 봤을 때 더 균형 잡힌 사람으로 만들어 줄 것 같아요.

오늘의 대화들을 나누며 나는 〈모순〉이 무척 생각났다. 다솔이 가장 사랑하는 책이자 내게 꼭 읽어야만 한다고 적극 권장했던 책. 1998년에 출판되었으나 20년이 지나 읽어도 세련미가 그칠 길이 없는 마성의 양귀자 선생님 책. 그 책에서 다솔이 내게 한땀 한땀 보내주었던 활자들로 오늘의 인터뷰와 글을 마치고 싶다.

「삶의 어떤 교훈도 내 속에서 체험된 후가 아니면 절대 마음으로 들을 수 없다. 뜨거운 줄 알면서도 뜨거운 불 앞으로 다가가는 이 모순. 이 모순 때문에 내 삶은 발전할 것이다. 나는 그렇게 믿는다.」
　－양귀자 〈모순〉 중

우리는 균형을 모른다

솔 씀

〈우리는 마약을 모른다〉는 지연과 함께 한 8번의 독서모임 중 내가 가장 흥미롭게 읽었던 책이었다. 술과 커피를 사랑하는 나에게 알코올과 카페인의 중독성에 대한 놀라운 충격을 안겨준 책이었다. 그 책을 읽고 사람들과 모인 독서모임 날. 지연은 알코올과 카페인을 자제하는 이유에 대해서 이렇게 설명했다. '나 자신의 균형을 지키기 위해 무언가에 중독되는 상황을 피하고 싶다. 알코올을 취할 때까지 마셔본 적 없고, 카페인도 저녁 6시 이후에는 마시지 않는다'라고. 그 말을 하는 지연 옆에는 따뜻한 차가 담긴 텀블러가 놓여있었다.

대학생 땐 돈이 없어 초록 병만 마셨었고 신촌 노래방에서 스물넷에 처음 필름이 끊긴 후로 서른이 될 때까지 주기적으로 필름이 끊기는 연습을 통해 몇 병을 무슨 조합으로 마시면 기억이 사라지는지 정확히 알고 있는 나에겐 (정확히 안다고 해서 필름이 안 끊긴다는 뜻은 아니다) 필름이 끊기는 건 둘째치고 취해본 경험도 없는 지연이라는 인물이 신기할 따름이다. 심지어 나는 커피도 하루에 2잔만 마시는 걸 약속해 둘 정도로 아침이든 밤이든 몸에 카페인을 투여한다. 커피는 무조건 아이스. 얼죽아. 배고프면 아이스 라떼. 물론 이런 나도 인생의 균형을 지키며 사는 게 중요하다. 음주를 마음껏 즐긴 후 한동안 금주를 해서 다시 몸 컨디션을 돌려놓곤 한다. 매일 균형감 있게 사는 것보다 전체 인생의 주기를 보며 균형을 맞추고 싶어 한다. 그건 일상을 효율적으로 보내고 싶은 욕심 때문이다.

독서모임을 마친 후 나를 포함하여 사람들은 지연을 신기해했고 이내 지연을 '밸런스 걸'이라 불렀다. 저만치 옆 테이블에서 사람들이 지연을 '밸런스 걸'이라 부르는 모습을 보며, 내 왼쪽 팔뚝에 박힌 balance가 찌릿해짐을 느꼈다. 그 당시 나는 지연과 내가 매우 다른 사람이라고 느낌과 동시에 평소 알코올을 즐기지 않는 부류는 도대체 어떤 부류일까 궁금해졌다. 지연이 말한 '중독을 피하기 위한 균형'에 대해 알고 싶었다. 대화할 기회가 생긴다면 지연에게 알코올이 주는 '취함'이 얼마나 짜릿한 기쁨인지에 대해 오지랖을 부리고 싶어 입이 근질거렸으나, 독서모임 외 모임을 만드는 것에 대한 귀찮음이 그 궁금증을 꾹 눌러버린 날이었다. 그렇게 잊혔던 나의 기억이 지연과의 인터뷰로 다시 떠올랐다.

솔   지연님. 어제도 인스타그램 보니 10km 러닝하고 오셨더라고요. 이런
     말 죄송하지만 지연님이 자주 하는 러닝이나 수영 같은 스포츠 참…
     안 어울려요. 저한테 지연님은 심장이 미칠 듯이 빨리 뛰는 러닝보다
     는 명상이나 요가를 더 좋아할 거 같은 이미지거든요.

멍   하하. 그래요? 근데 그런 말 진짜 많이 들어요.

　　지연은 러닝과 수영을 자주 한다. 내가 가장 처음 본 지연의 유튜브 영상
도 지연이 출근 전 새벽 수영을 가는 브이로그였다. 지연의 인스타그램에는
한강이나 남산을 뛰고 난 인증샷들이 올라왔다. 지연이 올린 사진 속 하단
에는 10km가 찍혀 있었다. 10km는 50분에서 한 시간을 멈추지 않고 빠
른 속도로 달려야만 완주할 수 있는 거리다. 여리여리한 팔다리로 어떻게 쉬
지 않고 한 시간을 뜨겁게 달리고 숨이 가쁘게 수영을 하는지 상상이 가지
않았다. 지연은 나에게도 종종 러닝을 같이 하자고 제안을 해왔다. 한때 러
닝을 좋아해서 러닝크루에도 가입했던 나는 1년 정도 달리다 보니 무릎에
무리가 왔고, 그 후로는 5km 이상은 달리지 않기로 내 무릎과 약속했기 때
문이라고 변명하고 실은 지연과 10km나 달릴 자신이 없어 몇 번이나 제안
을 고사했다.

솔   러닝의 강도가 꽤 높아 보이던데.
멍   어렸을 때부터 몸이 약했어요. 목 디스크도 있고요. 생존하려고 운동
　　을 해요. 제 몸의 고통을 해결하는 방법 중에 수영과 러닝이 가장 잘
　　맞는 방법이라 하는 거예요. 진짜요. 전 생존하려고 하는 건데 사람들
　　은 그렇게 긴 거리를 뛰는 것이 대단하다고 봐주는 게 또 재밌다고 생
　　각해요.
솔   마치 비타민 챙겨 먹는 것처럼요?
멍   네. 저한텐 힘들다, 힘들지 않다의 문제가 아닌 거죠. 어떤 사람의 결

핍이 곧 강함이 된다는 걸 믿어요. 제가 약하게 태어났으니, 운동을 하지 않으면 안되는 거죠. 그렇게 운동이 힘들지만 당연히 해야 하는 것으로 자리 잡다 보면 그게 제 강점이 되기도 하더라고요.

솔 러닝은 저한텐 체력을 기르고 자기 관리를 하기 위해서 선택하는 건데, 지연님한텐 약한 부분이 강해지기 위한 과정이네요. 생존을 위해서 필수로 하는 것처럼.

멍 운동을 하고 나면 몸의 고통에서 해방되는 자유를 느낄 수 있죠. 온종일 앉아서 컴퓨터 하는 직장인 자세잖아요. 의사 선생님 말씀으로는 디스크 통증에 가장 좋은 자세가 그냥 누워있는 거라는데 직장인이 누워서 일할 순 없으니까요. 너무 일에 몰입하다 보면 자세가 망가지고 곧 몸의 균형이 깨져버려요.

대학생 때 휴학도 한 번 안 하고 장학금에, 대외활동에, 취업 준비에 모든 걸 잘하기 위해서 미친 듯이 그 생활에 몰입해서 살았던 적이 있어요. 한 번 장학금을 받다 보니 부모님이 좋아하시더라고요. 그런 기대가 쌓이다 보니 멈추는 법을 몰랐어요. 그 후 한동안 몸이 완전 망가져 버렸어요. 저보다 제 주변의 기대에 부응하기 위해 살았던 거죠. 주변의 기대를 컨트롤할 힘이 저한테 없었어요. 그리곤 한번 몸이 아프고 나니 그게 계속 반복됐고요.

그래서 이제 저는 그러고 싶지 않거든요. 그러기 위해서는 균형이 필요하죠. 제 인생에 '안전장치'에요. 정상적으로 일상을 유지하려면 퇴근한 후에 고생한 상체는 쉬게 해 주고 밤에는 하체를 쓰겠다는 마음으로 러닝을 하는 거죠. 러닝이랑 수영은 하체랑 코어를 단련시켜주니까 그 힘이 낮에 컴퓨터 하기 위해 쓰는 상체를 받쳐 주죠.

물론 그것도 있지만, 특히 러닝이랑 수영을 할 때면 유독 호흡이 가빠지면서 제가 살아있다는 느낌이 들거든요. 그게 생명력 있는 느낌이라 좋아요. 제가 그래서 연애도 좋아하는가 봐요. 연애할 때 가장 사람이 생명력 있잖아요. 기쁘고 들뜨고. 그런 상태를 좋아했어요.

솔   균형 지키는 거 참 중요해요. 일상의 균형을 지켜야 나도 지킬 수 있잖아요. 혹시 지연님 연애하다가도 균형이 무너져 본 경험이 있어요?

멍   음… 나쁜 연애했을 때예요.

솔   왜 나쁜 연애라고 생각했어요?

멍   제가 그에게 너무 의존해서 나쁜 연애였죠. 대학교 CC였는데요.

솔   대학 때 만난 사람이었구나.

멍   네. 그 친구는 참 어른이었어요. 친구들한테 인기도 많고, 인생에 있어서 모든 면에서 능숙한 사람 같아 보였죠. 그래서 저는 자연스럽게 그 친구에게 의존을 많이 하게 되고, 또 그 친구가 저를 잘 챙겨주었어요. 그러다 보니 나만 풀어야 하는 '취업'과 같은 문제에서도 의존도가 너무 높아져서 '그 친구가 면접 준비를 안 도와주면 나는 취업을 못할 거야'라는 식으로 사고하게 된 거죠. 관계가 지속될수록 그 사람 없이는 혼자 밥도 못 먹고, 놀지도 못하고, 공부도 못하고요. 자꾸 그 사람이 받아주니깐, 어느 날은 그 사람에게 함부로 하는 저 자신을 발견했거든요. 참 부끄러운 연애였죠. 지금 돌이켜봐도 정말 좋은 사람이 었고, 그러니깐 절 잘 받아준 건데.

솔 지연님이 그럴 때가 있었어요?

멍 네 신기하죠. 정말 그랬어요. 그 사람한테 의존하면서 저 자신의 균형이 완전히 무너진 거죠. 제가 생각하는 연인과의 가장 바람직한 관계는 어떤 상황에서는 내가 그에게, 또 다른 상황에서는 그가 나에게 완전히 의지하는 관계에요. 잘 의지하려면 자존감도 있어야 하고요. 의지하는 것과 의존하는 건 완전히 달라요.

솔 헤어지고 나서 일상의 균형을 되찾았어요?

멍 전혀 아니죠. 그때 처음 심리 상담을 받았거든요. 제 연애 이야기를 들으신 선생님이 제 전 연인에 대해서 이렇게 평해주셨어요. 지연씨는 의존할 수밖에 없는 환경에서 자라났는데, 그런 지연씨를 끝까지 받아주고 사랑해준 고마운 사람이라고요.

그 당시엔 어디서부터, 뭐가 문제인진 정확히 몰랐지만, 연애가 비슷한 패턴으로 끝나는 것 같다고 느꼈거든요. 그래서 '아, 내가 같은 문제가 반복되는구나. 지금 나를 바꾸지 않으면 앞으로도 상대와 좋은 관계를 맺을 수가 없겠구나'하고 생각했어요. 그 뒤론 제가 준비되었을 때 연애를 하고 싶다고 생각했어요. 근데 이제는 제가 혼자서도 너무 잘 지내는 사람이 되어 버려서… 어쩌죠? (ㅋㅋ) 그래도 전 늘 연애하고 싶어요. 연인과 함께 지낼 때의 행복감을 아니까요.

솔 아니, 연애할 준비가 된 사람이 세상에 어디 있겠어요!

멍   하하. 그래도 전 아직 준비가 안 됐어요.

연애하다 자신을 잃을 정도로 균형을 놓쳐버린 날들이 누구에게나 있을 것이다. 그중에서도 자기를 잃어버릴 정도로 아프게 하던 문제의 원인을 자기 안에서 찾고, 또 해결하고 싶어 하는 사람을 볼 때면 용기를 얻는다. 다가올 새로운 사랑을 기다릴 수 있는 용기.

20대 중반의 나도 연인에게 의지가 아닌 의존하는 스타일이었다. 자존감도 낮았다. 그때의 난 친구들하고 어울리길 좋아했고 내 시간의 대부분을 누군가와 보냈기 때문에 혼자 있는 시간을 맞이하는 것을 어려워했다. 혼자서는 무얼 해야 하는지 몰랐다. 연인이나 친구와 데이트가 없는 날엔 침대에 누워서 친구 목록을 뒤적이며 동시에 여러 명에게 '뭐해?'라는 메시지를 보낸 적도 있었다. 그러다 아무 일정을 잡지 못하면 나 자신이 한심해지고 괜히 약속 있는 연인이 미워지고 서운하고. 그럼 다투고. 나는 점점 연인에게 집착하게 되고. 무한 반복.

몇 차례의 연애를 거치면서 이젠 혼자서도 시간을 잘 보낼 수 있는 사람이 연인과의 관계도 잘 만들어 갈 수 있다는 걸 알게 됐다. 몇 차례의 헤딩 끝에 서른이 되어서야 혼자가 괜찮고 좋은 온전한 상태가 됐다. 타인에 대한 집착과 서운함의 무한 굴레에서 조금씩 기어 나와 나 자신과의 데이트를 수차례 거치며 겨우 서른이 되어서야 나를 좋아하게 된 것이다. 단, 부작용이 있다. 연인에게 너무 의존하면 그에 의해 내 감정 컨트롤이 어려워질 수도 있다는 20대의 강렬한 기억 때문에, 그 다음 연애부터는 상대에게 너무 푹 빠지는 그 감정 자체를 두려워하게 됐다. 지연의 대답에서 20대의 김다솔과 마주했다.

멍   다솔님, 근데요. 저도 원래 균형이 깨지는 게 무서웠는데 다솔님이랑 독서모임 하면서 하나 배운 게 있어요. 제가 균형을 잡기 위해서 버티는 행동들이 결국 내 인생을 불균형하게 만드는 게 아닐까 하는 생각이 들더라고요.

솔   왜요?

멍   제가 독서모임 때 취하는 게 싫어서 술을 안 마신다고 했잖아요. 술에 중독되는 게 무서워서 술을 아예 안 마시는 관성이 있었던 건데요. 결국, 교통사고 내는 게 무서워서 평생 운전을 안 배우는 것과 같은 게 아닐까 싶더라고요. 다시 말하면 균형은 좋지만, 균형을 맞추려고 하는 게 집착이 되면 결국 불균형이 생겨요. 우리 얼마 전에 친한 지인들 모임에서 다솔님하고 같이 1차로 와인도 마시고 2차로 칵테일 바도 갔었잖아요.

솔   오? 그러고 보니 그때 지연님 꽤 평소보다 많이 마셨죠. 와인 2잔, 칵테일 1잔 정도.

멍   그러니까요. 다솔님하고 술 마시는 건 또 괜찮더라고요? 그동안은 제가 술을 싫어하는 줄로만 생각했는데 또 좋아하는 친구들과 보내는 시간에서 술을 곁들이는 건 좋았어요. 결국, 균형보단 '순환'에 초점을 더 맞추면서 살고 싶어지더라고요. 어떤 시기에는 일, 어떤 시기에는 연애 이렇게 집중하면서 살고 싶어요. 그 주기나 파트는 따로 정해놓진 않을 거예요.

솔 　그렇게 살다 보면 결국 균형이 맞을 거예요. 제가 지연님한테 알코올의 기쁨을 조금이라도 알려줬다니 행복하네요! 요즘의 지연님한테 알코올은 어떤 의미예요? 예전에 독서모임에서 얘기해준 의미와는 좀 달라졌어요?

멍 　네. 알코올은 이제는 곁들여 먹는 조미료 정도로 바뀌었어요. 여전히 취하고 싶은 생각은 없는데 음식과 사람과 곁들여서 즐겁게 먹을 수 있어요. 보리 맛도 좋아하고 탄산 맛도 좋아해서 무알콜 맥주는 먹어요. 특히 수영 끝나고 마시는 무알콜 맥주가 좋아요.

솔 　지연님, 근데 취하는 느낌이 뭔지 알아요?

멍 　음… 졸립다 정도? 그리고 사람들 말로는 제가 취해 보일 때는 애교가 많아진대요. 근데 그때에도 제가 느꼈을 땐 그게 진짜 취한 상태인진 모르겠더라고요.

솔 　그럼 살면서 취한 걸 한 번도 경험해본 적 없는 거네요.

멍 　그래서 술 먹고 필름이 끊기는 게 진짜 뭔지 모르겠어요.

솔 　그건 경험 안 해봐도 되는 거 같아요. (먼 산)

멍 　하하. 전 '취하고 싶지 않다'라는 생각을 어렸을 때부터 많이 해서 그 생각이 힘이 강해진 상태로 성인이 돼버렸어요. 그래서 몸에 술이 들어가도 뇌가 취하면 안 된다고 알고 반응하는 거 같아요.

솔 　지연님은 중독되는 상태가 싫다고 했지만, 러닝을 좋아하고 일하는 환경을 보면 무언가에 푹 빠져 '몰입'된 상태를 좋아하는 거 같아요.

생명력 있는 상태가 좋다는 건 결국 무언가에 몰입되는 거고요. 그 몰
입된 지점이 곧 중독된 상태는 아니에요?

멍 아, 맞아요. 몰입되는 상태는 좋아하는데 몰입됐다가 스스로 나올 수
없는 상태를 싫어해요. 그만하고 싶은데 빠져나올 수 없는 게 바로
'중독'이라고 생각하는 거죠.

인터뷰를 마치고 집에 돌아가는 길, 테이크아웃 카페에서 디카페인 아메
리카노를 주문했다. 내 인생 첫 디카페인 음료였다. 서른이 되면서 늦은 밤
커피를 마시면 잠드는 시간이 새벽 두세 시를 훌쩍 넘기곤 했다. 카페인 때
문에 잠이 안 오는 건 아닐 거라고, 분명 유튜브가 재미있어서 잠이 안 온 거
라며 나 자신에게 속임수를 걸었지만, 사실은 알고 있다. 루테인을 매일 먹
어야 눈이 덜 건조하고. 5km 이상 뛰면 무릎이 아프고. 부추나 산삼처럼 열
을 내는 음식을 먹으면 속에 탈이 나고. 소맥은 괜찮지만, 맥주와 와인을 섞
어마시면 다음 날 숙취가 심하고. 숙취가 심한 날은 햄버거보단 국밥을 먹어
야 하는 것들. 서른이 되면서 수차례 나와의 데이트 끝에 알게 된 사실들.

지연을 지키기 위해 방패가 되어주던 일상의 균형들. 그 안에서 새로이
만나게 되는 타협점들. 오늘의 나와 이번 주의 나, 그리고 이번 달의 내가 몰
입해야 하는 것이 무엇인지 잘 아는 것. 나이가 들어가는 나의 몸과 마음을
잘 지켜주기 위해 스스로와 약속하는 것들. 내가 무엇에 약하고 무엇에 강
한지 알아서 나와 좋은 관계를 유지하며 잘 지내는 것. 균형을 지키기 위해,
몰입이 집착이 되는 것을 막고 순환의 좋은 가치를 깨닫는 것. 나와 균형을

지키며 사는 것. 이보다 중요한 게 무엇이 있을까?

Chapter 6
우리가 일하는 마음

멍에게 일은
'잘해야 하는 것'이고,
솔에게 일은
'더 넓은 세계로 성장시켜 주는 플랫폼'입니다.

일터를 놀이터로 만들고 싶어요

멍 쏨

다솔과 인터뷰를 시작한 지 반년이 흘렀다. 다솔과 나는 그 사이 많은 것들을 나눈 사이가 되었다. 멀게만 보였던 다솔은 알면 알수록 나와 닮은 구석이 많았다. 해와 달은 서식지가 다르지만 눈을 뜬 아침에, 불을 끄는 저녁에 꼭 같은 곳에서 마주하는 것처럼. 일에 대해 인터뷰를 하던 날도 꼭 그랬다.

나에게 일은 '잘해야 하는 것'이다. 그러니까 내가 가진 일의 의미는 '못해도 재밌는 것'이라고 정의한 취미에 대한 비교군이기도 하다. 아무리 좋아하는 일을 하더라도 그 일을 잘 해내지 못해서 조직에 혹은 고객에게 쓸모가 없다고 판단되면 나는 일을 하는 마음에 버퍼링이 생긴다. 담당한 일의 크고 작음과 상관없이 '내가 맡았다'라는 사실에 책임감을 느끼는 것은 별수 없는 나의 습성이다. 그래서 뭔가를 좋아해서 계속하고는 싶은데 '나의 쓸모'에 대한 책임을 느끼고 싶진 않을 때, 나는 그 일을 취미로 한다. 그것이 내가 일과 취미를 구분하는 기준이다.

반면 다솔은 일을 '더 넓은 세계로 성장시켜 주는 플랫폼'이라고 정의한다. 번외로 회사를 '놀이터'라고 정의한 바도 있다. 다솔은 일의 세계를 즐거운 플랫폼으로, 놀이터로 규정하는 것이다. 그래서 처음 일에 대한 생각을 나눌 땐 우리가 일에서만큼은 꽤 다른 사람일 수 있겠다고 생각했다.

명 다솔님, 우리가 정의한 일하는 마음은 꽤 많이 다른 것 같아요. 저는 일에 대한 정의를 하나의 키워드로 압축해 보자면 '책임감'인 것 같거든요.

솔 음…그런가요? (잠시 생각하더니) 맞아요. 저는 '책임감'보단 '새로움'이라는 키워드로 일을 대하고 있어요.

명 '새로움'이요?

솔 네. 제가 정의한 '더 넓은 세계'는 '일 잘하는 사람을 더 많이 만나고 싶은 상태'에 가까워요. 더 넓은 세계로 갈수록 더 새로운 사람을 만나고 그 속에서 제가 성장할 수 있는 것 같거든요.

저는 첫 직장을 광고 에이전시에서 인턴으로 일했어요. 50명 정도 규모의 회사였고요. 거기서 대학생 서포터즈 담당 업무를 했는데 제 성격이 활동적이고 사람들 만나는 것도 좋아하다 보니 잘 맞았어요. 제가 법학과를 졸업했는데 따분한 법 공부가 저랑 진짜 안 맞았거든요.

명 하하. 다솔님 법학과 진짜 안 어울려요!

솔 (웃음) 첫 회사에서 인턴 경험을 하고 두 번째 직장은 코엑스 전시기획팀에서 일했어요. 200명 정도의 좀 더 큰 규모 조직이었죠. 그 시기들을 거쳐오고 나니 페스티벌 회사에서 기획 PD로 일할 기회가 생겼어요. 제가 음악을 좋아하잖아요? 문화 콘텐츠를 다루는 일을 하고 싶었는데. PD로 일하면서 온·오프라인 콘텐츠 기획과 마케팅을 재밌게 할 수 있었던 시간이 된 것 같아요.

멍 취미로도 디제잉을 하는 다솔님과 참 잘 어울리는 일 같아요.

솔 그런가요? 근데 제가 음악을 좋아하는 것은 맞는데요. 꼭 그뿐만 아니라 PD로 일하면서 제가 '사람을 대하는 일'을 할 때 딱 맞는 느낌을 받는다는 걸 정확히 알게 된 것 같아요.

멍 아, 그렇군요!

솔 사람들을 만나서 연결해주고 콘텐츠를 제공하는 일을 제가 좋아하고 잘할 수 있다는 걸 알게 된 거죠. 그런 마음으로 그 회사에서 3년 정도 일했어요.

멍 그런 일을 만났는데 왜 그만두었어요?

솔 음… 제가 오프라인 공연 행사를 기획하는데, 그 공연을 보러 오는 관객들을 관찰하는 게 참 재밌었거든요? 하루는 제가 무대 뒤에서 다음 무대를 준비하다가, 문득 무대 바로 앞에서 공연을 보고 즐거움을 느끼는 관객들의 표정을 보는데 '아, 이 행복을 내가 아는 사람들에게도 느끼게 해 주고 싶다'라는 생각이 강하게 들었어요. 사람을 대하는 일에 자신이 있고 그들을 만족시키는 일에 기쁨을 느끼는데 그들이 '타인'이 아니라 '지인'이라면 제가 더 행복할 것 같은 마음이 든 거죠.

멍 아하… 그래서 지금은 엔터테인먼트 회사에 기업문화팀으로 이직을 한 것이군요. 이제야 다솔님의 일하는 마음이 정확히 이해가 돼요. 조직의 규모도 50명에서 200명으로. 200명에서 이제 1,000명으로 훨씬 더 커졌고요.

솔   맞아요. 제가 생각한 일의 세계에서 '지인'은 함께 일하는 동료들인데요. '타인'이 아니라서 그들이 뭘 원하는지 더 빨리, 정확히 알 수 있다는 장점이 있어요. 또 페스티벌에서 만난 관객처럼 한두 번 마주치는 사이가 아니니까 지속성이 있는 관계이기도 하고요. 제가 새로운 사람들 틈에서 자극받고 그걸 통해 성장하는 걸 좋아하니까 그 지점에서도 조직문화 일이 잘 맞는 것 같아요. 결국, 계속 듣고 말하면서 사람들을 연결해주는 일이니까요.

멍   다솔님이 잘 쓸 수 있는 무기들을 갈고 닦으면서 더 넓은 세계에서 성장하고 있네요.

4년 반 동안 안정적인 첫 직장에 몸담았다가 올해 초 벌벌 떨며 첫 이직을 했던 나로서 20대에 이미 수많은 시행착오와 다양한 사람들 틈에서 자기의 무기를 연마해온 다솔은 무척 신기한 사람이다. 왜냐하면, 일이라는 것의 속성에는 유희로만 할 수 없는 삶의 문제들도 있기 때문이다. 먹고사는 문제와 얽힌 난제들을 내 안에 품기 시작하면 그 안에서 나를 갈고닦는 법을 잊거나 새로운 세계로의 성장을 포기하기 쉽다. 다솔의 조밀하고 내밀한 20대의 일하는 마음은 그가 구구절절 이야기하지 않은 어려움과 허무함을 내포하고 있다. 다솔은 어떻게 그 속에서 자기를 발견하고 무기를 연마해서 점점 더 그가 원하는 넓은 세계로 즐거움을 가득 안고 갈 수 있는 걸까?

멍   다솔님, 일이란 게 성과 같은 개념 하고 연결이 짙잖아요. 분명 새로움이나 즐거움만으로는 극복하기 어려운 순간들도 있었을 텐데. 그럴 때 다솔님은 어떤 선택을 했는지 궁금해요.

솔 저는 '일의 성과'도 중요하지만, 그보다 한 단계 앞서서 '일의 태도'가 더 중요하다고 생각해요. 그러니까 어떤 일의 성과가 나지 않았다면 빨리 lesson-learn을 하고 다른 시도로 넘어가려고 해요. 그게 일을 대하는 좋은 태도 같아서요.

멍 와… 그럼 다솔님이 생각하는 '좋은' 태도는 뭐예요?

솔 주어진 상황 안에서 최선을 다해 준비하고 다양하게 시도해봤다면, 실패하더라도 누구의 탓을 하지 않고 빨리 다시 일어날 수 있는 태도? 저는 그 시행착오를 계속 반복하다 보면 결국엔 성장할 거라고 믿거든요! 그래서 일의 태도가 좋으면 일의 성과는 대체로 따라온다고 생각하는 편이에요.

좋은 태도로 일을 대했는데도 상황이 도와주지 않거나 결과가 좋지 않았던 일에는 너무 일희일비하지 않으려고요. 회사의 흥망성쇠를 나 자신의 흥망성쇠로 가져가는 건 나를 무너뜨리기 쉬운 태도잖아요? 그럼 슬럼프에 빠지기 쉽거든요.

일에 대한 태도가 좋았다는 전제만 있다면 업적은 내지 못했더라도 그 과정에서 내 편이 되어주는 동료들을 얻을 수 있으니까. 때론 그것 만으로도 충분해지는 것 같고요.

멍 키야.

다솔의 일하는 마음에는 사람이 있다. 조직의 크고 작음과 결과에 흔들리지 않고 어디서든 성장하려고 애쓰며, 무엇보다 사람을 얻는 것에 큰 가치를 두는 사람. 그로서 경쟁하기보다 협력해서 '일의 태도'라는 기본기를 지키는 사람.

솔   지연님은요? 지연님은 일을 잘하기 위해서 협력하기보다 경쟁하는
       편이에요?

다솔이 묻는 말을 듣고 나는 우리가 정의한 일이 사실은 한 방향을 향하고 있다는 사실을 깨달았다. 다솔은 '새로움'에서 나는 '책임감'에서 파생한 일하는 마음의 중심에는 일의 세계에서 만난 사람들을 들여다보는 마음이 있다. 그들을 연결해주고 싶어 하거나 나라는 개인이 조직에 보탬이 되고 싶은 마음이 있는 것이다.

나는 팀으로서 성과를 내는 조직문화를 좋아한다. 누구보다 앞서가고 싶어서 일을 잘하고 싶어 한다기보다 팀 안에서 나로 인해 피해가 없어야 한다는 생각, 내 몫을 하는 팀의 일원이 되고 싶다는 생각으로 일을 잘하고 싶은 마음이 든다. 일의 세계에서 동료들에게 협조를 잘해주고 도움을 주는 것을 좋아하는 다솔의 마음도 꼭 나와 같은 것 같다고 느낀다.

다솔은 이렇게 덧붙였다.

솔   언젠가 회사 동료가 "다솔님 없으면 이 일 안 돼!"라고 스치듯 이야기

한 적이 있었어요. 물론 알아요. 저 없어도 회사 돌아가는 거. 그래도 그때 기분이 참 좋더라고요? (웃음) 나 혼자 성과를 내고 싶냐, 이 프로젝트를 잘 마무리하고 싶냐, 하고 물으면 전 무조건 동료들하고 함께 잘 마무리하는 쪽이 좋아요.

경쟁해서 뭐해요? 경쟁 심리로 일을 대하면 '저 사람은 하는데 나는 왜 이걸 못할까'하는 생각으로 자기 비하에 빠지기 쉽잖아요. 전 그런 것보다 각자 맡은 일을 잘해서 런칭 한 후에 한 팀으로 '수고했다'라는 말을 들을 때 가장 동기부여가 되고 보람을 느끼더라고요.

마지막 문장을 마치고 다솔은 보조개를 머금고 배시시 웃는다. 그 문장이 꼭 내 마음과 같아 나도 함께 웃었다.

다크호스가 될래요

솔 씀

'일로 만난 사이'가 아닌 사람을 만나면 종종 상상한다. '저 사람은 일할 때는 어떤 모습일까?'와 같은 상상. 사소하게 식당을 예약하는 것부터 익숙하게 메모지를 꺼내 메모를 하는 모습, 사람들과 대화하는 모습들을 보면서 그 사람은 일할 때는 어떤 모습일까 자연스레 떠올려 본다.

내가 대화를 나누며 상상하던 지연의 일하는 모습은 공동으로 주어진 일에는 최선을 다하고, 개인의 역량을 발휘할 수 있는 일에는 지연 스타일의 의견을 한 스푼 얹고 타인의 의견 또한 무시하는 법이 없는 스타일이겠다고 상상했다.

지연과 나는 독서모임에서 만났기 때문에 같은 직장에서 일해본 것은 아니지만 인터뷰를 하며 지연의 업무 스타일을 엿볼 수 있었다. 내가 상상한 것처럼 지연은 내가 의견을 낼 때면 진심으로 잘 들어주었다. 본인이 맞다고 생각하는 의견이 있다면 꼼꼼하게 고민해와서 그 의견을 잘 주장해냈다. 우리가 하는 인터뷰 작업은 공동 작업이었지만 개인의 의견 또한 많이 들어가야 빛나는 작업이기 때문에 나는 운 좋게 지연의 일에 대한 가장 날 것의 욕망을 볼 수 있었다.

지연과 나는 비슷한 시기에 신입 사원으로 회사에 들어가 새로운 환경에 발을 들였다. 나는 6개의 회사를 짧은 템포로 거치며 출근길이 매일 지옥 같은 날도, 설레는 발걸음으로 출근하는 날도 겪었다. 어떤 일을 하고, 어떤 회사에 다녀야 행복할까를 치열하게 고민하던 20대였다. 지연은 약 5년간 한 회사에서 뷰티 마케터로 충성가의 길을 걸어왔다. 지연과 인터뷰를 하며 우리는 1-2주에 꼭 한 번씩은 만나 인터뷰를 하고, 글을 완성하는 루틴을 보냈다. 그러다 우리 둘 중 한 명이 '이번 주는 완전 일 주간이에요'라는 이야기를 하면 암묵적으로 일정이 일주일 연기가 되어도 이해했다. 서로의 인생에 일의 영역 또한 중요하다는 걸 알고 있기 때문이었다.

솔   지연님은 일할 때 언제 제일 두려워요?
멍   성과가 안 나올 때예요.

'성과'가 안 나올 때 가장 두렵다니. 지연의 입에서 들으니 지연은 역시 활동의 지수를 다루는 마케터구나 싶었다. 내가 상상해온 지연은 성과에 집중하기보다는 주어진 일을 잘 해내는 사람이라고 생각했는데 이렇게 사람을 직접 알아 가다 보면, 처음 그녀를 보며 일할 때 어떨까 했던 상상이 틀리는 반전의 순간이 있다. 지연은 조직이 목표에 다다르기 위해 최선을 다해 꼼꼼하게 해내는 사람이자 함께 하는 동료들과 같이하기로 한 조직이라는 세계에서 본인으로 인한 피해는 절대로 주기 싫은 사람이다.

솔　5-6년 차부터는 속한 조직 내에서 나의 포지셔닝을 잘해야 한다고 생각했어요. 예를 들면 이 조직 내에서 글 제일 잘 쓰는 사람, 마케팅 하면 떠오르는 사람, 업계 트렌드 관련한 걸 제일 잘 아는 사람 이렇게 키워드를 떠올리면 생각나는 대표적인 인물들이 있잖아요.

멍　맞아요. 근데 조직 내에서의 포지셔닝은 타인이 나를 어떤 사람으로 인식하기 이전에, 먼저 자발적으로 내가 어떤 일을 잘할 수 있다고 소리 내어 말해야 가능한 것 같아서 조금 씁쓸해요. 내가 잘할 수 있는 일보다 지금 당장 우리 팀에 필요한 일을 해야 할 때도 있잖아요? 그게 팀의 필요와 전체의 성과에 도움이 된다면요. 근데 주어진 일만 받아서 열심히 하다 보면 그땐 이미 먼저 목소리를 냈던 동료들이 쿠팡이나 네이버 같은 주목도가 높은 채널에서 인기 많은 제품을 마케팅할 기회를 맡게 되는 것 같아요. 보통 제가 맡게 되는 일은 잘하면 티는 안 나는데 망치면 문제가 큰 일. 이런 거를 스트레스 안 받는 것처럼 하고 있더라고요. 그러다 몸에 병이 나기도 했고요. 회사에서는 '묵묵하게 티를 안 내고 열심히 할 일을 제대로 해내는 사람'이라고 평가받았어요.

솔　결국 힘든 일, 티 안 나는 일들은 자연스럽게 내가 하는 상황이 되면 동료들이 원망스러울 때도 있죠.

멍　네, 그 당시엔 '이 조직은 나를 다 알아주지 않는구나'라고 생각했어요.

솔 아니요, 지연님! 분명 누군가는 알아줬을 거예요. 동료들도 '묵묵하게' 라는 피드백을 지연님한테 썼잖아요. '나 여기 있어요! 나 잘한 것 좀 봐줘요!'라고 확성기에 대고 말하는 사람이 많으면 조직은 무너져요. 저는 조직에서 누가 묵묵히 일하는지를 제일 눈여겨봐요. 그런 사람 들 진짜 멋지잖아요. 뒤에서 열심히 하는 사람이요.

멍 하하. 그래요? 다솔님은 보통 언제 질투를 느껴요?

솔 질투요? 예를 들면요?

멍 〈프리워커스〉 책에서 봤는데요. 내가 질투를 느끼는 대상이 진짜 내 가 되고 싶은 사람이래요. 저는 글 잘 쓰는 사람을 볼 때나 좋은 브 랜드를 만드는 사람을 볼 때 질투를 느끼거든요. 특히 요즘 온라인에 다양한 플랫폼을 통해 퍼스널 브랜딩을 잘하는 사람들도 참 멋져요. '아, 나도 저렇게 잘하고 싶다!'

솔 전 회의나 행사에서 진행 잘하는 사람 보면 질투가 나요.

멍 푸하하. 독서모임 진행자다운 발언이에요.

솔 지연님이 '생명력' 있는 상태를 좋아한다고 했었잖아요. 일하고는 어 떻게 연결되어요?

멍 제가 말하는 '생명력'은 제가 가장 몰입되어서 살아있다고 느껴지는 상태에요. 몰입된 환경에서 일하는 거요. 제가 설렘이라는 감정을 사 람이 아니라 상황에 느꼈던 적이 딱 두 번 있었는데요. 첫 번째는 취 업 후 대학교에 취업 강의 갔을 때, 강연 현장에서 나를 바라보는 학생들의 눈빛과 분위기에서 느꼈고요. 두 번째는 제가 직접 쓴 글들을 묶어서 책으로 만들었을 때였어요. 두 개의 공통점이 무엇일까 생각해보니 '동기부여'였어요. 강연을 통해서 누군가에게 메시지를 주고 삶을 변화시키는 것, 글을 통해 내 인생을 팔아서 누군가를 위로해 주는 것. 모두 누군가에게 '동기부여'가 되는 일을 하는 거였죠. 글도 쓰고 강연도 하고 싶은 마음이 이어져 지금 유튜브도 하고 있고요.

솔   동기부여가 일의 원동력이 되어주네요. 앞으로 마케팅은 계속하고 싶어요?

멍   네, 제가 하고 싶은 마케팅은 돈을 쓰기보단 벌어오는 마케팅이에요. 마케팅하는 마음에는 '무엇'을 파는지가 제일 중요해요. 저는 사람들에게 아름다운 걸 팔고 싶거든요. 첫 직장에서 사람들의 외모를 아름답게 만드는 뷰티 제품을 만드는 게 즐거웠어요. 그리고 앞으로 제가 어디에 매력을 느낄지 궁금해하고 있고요.

솔   앞으로 직업에 대한 두려움은 없어요? 전 때때로 무섭거든요. 내가 하는 이 업이 나에게 맞는 걸까? 지금 이 업계에서 유망한가? 등에 대한 고민도 해보고요.

멍   저도 그래요. 시시때때로 두려울 때도 되게 많은데 그래도 하다 보면 넥스트를 발견했어요. 하루씩 지금 주어진 일을 해내다 보면 또 다른 세계를 마주하게 되더라고요. 지금은 제 직무에 대한 고민은 많이 줄어들었어요. 이제는 무엇을 만들어서 팔 때 더 가치 있다고 느끼는지가 가장 중요해졌죠.

솔 멋져요. 아직은 달릴 때라고 보고 있는 거네요?

멍 네. 지금은 제가 속한 회사에서 세상을 아름답게 만드는 마케팅을 하는 게 좋아요. 앞으로도 사람들에게 가치 있는 메시지를 주고 싶단 목표를 향해 가는 과정에서, 지금 내가 팔 수 있는 걸 파는데 그게 의미 있고 아름다운 일이었으면 좋겠어요.

솔 지연님, 일할 때 '다크호스 같은 사람'이 되고 싶다고 했는데 그건 무슨 뜻인지 궁금해요.

멍 〈다크호스〉는 베스트셀러인 전작 〈평균의 종말〉의 후속작으로 나온 책인데요, 우리가 '평균'이라고 말하는 것들에 대한 함정을 이야기해요. 학창 시절에 국·영·수를 모두 몇 점 이상 '평균적'으로 받아야만 대입을 할 수 있고, 취직할 때도 온갖 인·적성 검사들의 시험기준이 각 영역에서의 상향 평준화된 점수를 요구하잖아요? 근데 사실 '평균'적인 점수와 역량은 각 사람의 고유한 가치와 역량을 최고로 이끌어 내기 어렵다는 게 이 책의 맥락이에요. 그러면서 〈다크호스〉는 이렇게 이야기하죠. 어떤 사람들은 기존 업계에 혜성처럼 나타나서 판을 뒤흔들어 버린다고요. 세상이 평균에 집중하라고 할 때, 누군가는 자기 자신에게 집중하면서 아주 강력하고 고유한 내적 동기를 찾아내는 거죠.

예를 들면 의대에 다니면서 의대 공부를 하던 친구가 갑자기 그만두고는 가구 디자인을 하는 거죠. 근데 그 친구가 만들어 내는 가구들이 너무나도 매력적으로 잘 설계되어 나오는 거죠. 우리가 표면적으로 봐서는 이해할 수 없는 업계의 변동 같은 거예요. 근데 사실은 그 사람 일생의 긴 맥락이나 그가 내면에 갖고 있던 어떠한 동기 안에서 보면 그 사람이 가진 아주 강력한 키워드가 있는 거죠. 미시적 동기의 마음을 계속 연결해서 가다 보면 말이죠. 나는 의학 공부가 하고 싶어, 그럼 하자. 그러다가 또 디자인을 하고 싶어. 그럼 또 가보고. 그 맥락이 연결된다고요.

솔   'Connecting the dots'가 생각나요. 저도 법을 전공하면서도 이 분야로 취업하지 않을 건데 이 공부가 다 무슨 소용이 있나 싶었어요. 근데 시험공부하면서 수없이 연습했던 법 목차 잡고 사건 구조화시키는 연습들이 실무 하면서 글을 쓰거나 일을 구조화할 때 도움이 되더라고요. 법대 졸업해서 엔터 회사에 취업한 덕분에 '법 없이 사는 법대생'이라는 주제로 취업 강연도 했었어요. 여기저기 부딪치고 깨지면서 찍어둔 점들. 장기간 공을 들여 시간을 쏟았지만, 결과물이 좋지 않았던 경험들까지도 모두 모아서 연결해보면 다 의미가 있고 그게 또 새롭고 멋진 나를 만들어 낸다니까요.

근데 저도 제가 하는 일이 좋고, 일에서 성장해서 다크호스 같은 사람이 되고 싶기는 한데. 일에 너무 푹 빠지는 상태는 두려워요. 일에만 푹 빠져 지내는 사람들을 보고 '일과 결혼한 사람들'이라고. 나는 일하고 연애만 하고 싶다고 지연님이 말한 적이 있었잖아요. 다크호스가 되려면 일하고 결혼한 사람이 되어야 하진 않을까요?

멍   일을 사랑하는 마음은 좋은데 일이 나의 핵심 가치들을 건드리는 건 싫어요. 제가 20대 때 가장 싫어하는 감정이 '후회'였어요. 그래서 20대 때 안 하면 후회할 만한 것들을 정말 열심히 했죠. 휴학도 없이 동아리도 하고, 교환학생도 가고, 취업 준비도 치열하게 했고요. 20대를 너무 열심히 살다 보니 30대에는 '후회'를 느낄 만한 일이 없더라고요. 30대가 되고 나니 이제는 '허무'라는 감정이 싫어요. 최근에 3개월 정도 중요한 프로젝트가 있었어요. 일에만 몰입해야 하는 시기여서 친구들도 아무도 못 만나고, 집에도 맨날 늦게 들어가서 가족들도 못 보고요. 3개월 동안 준비한 프로젝트가 성공적으로 끝난 날 밤에, 오히려 전 굉장히 허무한 감정을 느꼈거든요. 일과 관련된 성공만 두고 나중에 내 삶을 돌이켜봤을 때 허무할 것 같은 거죠. 내 소중한 가족, 친구, 건강, 취미 같은 것들을 잘 챙기면서 살고 싶어요.

일하고 연애만 해도 다크호스 같은 사람이 되고 싶어요. 내가 제일 잘할 수 있고, 잘하고 싶은 분야를 개척해서 그 필드에 다크호스처럼 나타나는 사람이 되는 건데, 다크호스가 되면 일하고 연애만 해도 일을 잘하는 일잘러가 될 수 있어요.

솔   그렇네요. 꼭 일하고 결혼해야만 일잘러인 건 아니니까요.

멍   근데 일하고 연애하는 사람에게도 일에 집중해야만 하는 시기들은 반드시 오는 거 같아요. 무엇보다 다크호스가 되려면요. 다만 일에 집중하는 시기가 있으면, 그때 놓치던 친구 관계이든, 건강이든 다시 되돌릴 수 있는 시기도 와야 하죠.

우리는 인터뷰를 하며 리더와 동료, 소속되어 있는 각자의 조직에 대한 이야기를 나눴다. 난 지연과 같은 사람이 조직에서 꼭 필요한 사람이라고 생각했다. 조직에서 가장 어려운 일, 남들이 피하는 일이 주어져도 끝까지 해내는 사람. 그런 사람에게 조직은 계속 어려운 과제들을 던지고 그들의 노고가 있기 때문에 조직 내 모두에게 평화가 찾아온다.

브랜딩을 잘하는 사람들에게 질투심을 느끼는 지연을 보며 뼛속까지 마케터라고 생각했다. 자기가 겪은 앞일을 헤쳐나갈 때나 정글 같은 일터에서도 지연은 본인의 앞날에 대해 '궁금하다'라는 표현을 썼다. 나의 앞날에도 '두렵다', '어둡다'라는 표현 대신 지연에게 배운 '궁금하다'라는 표현들을 대입해보았다.

일터에서 '다크호스' 같은 사람이 되고 싶은 지연과 일터가 놀이터가 됐으면 좋겠는 나의 일에 대한 마음은 비슷한 선상에 있었다. 지연과 나는 일에서 성장은 하고 싶지만, 성장의 목표치가 각자의 삶을 해치는 수준이어서는 안된다. 일에서도 성장하고 싶지만, 삶에서 성장하는 것도 중요하기 때문이다. 우리 둘 다 일하고 연애하고 싶은 마음에 동의했다.

일하다 보면 삶에서 '일'이 가장 중요한 사람들을 만난다. 또, 반대로 삶에서 '일'은 단순한 생계유지의 수단 정도로만 생각하는 사람들도 만난다. 나도 신입일 때 '일'이 인생에서 가장 중요한 사람인 시기가 있었고, 그래서 '일'이 생계유지이기만 한 사람들을 열정 없다며 치부해 버리던 때도 있었다. 이제는 그 어느 쪽으로도 단정 짓고 싶지 않다. 지연의 이야기를 들으며 나는 나의 '일'을 찾고 그 몰입의 정도를 찾고 싶어졌다.

Chapter 7
독립의 세계

솔에게 독립은 '나만의 우주'이고,
멍에게 독립은 '되고 싶은 내가 되는 세계'입니다.

작은 천국 만들기

솔 쏨

지연과 독립에 대해서 이야기하기로 한 날. 나는 지연이 이사하기 전 동네, 그러니까 지연이 30년을 살았던 동네인 해방촌을 구경시켜달라고 했다. 해방촌은 내가 30년 만에 처음 독립한 용산 옆 이기도 했다. 우리는 옆 동네 사는 친구였다.

먼저 지연은 나를 서울이 한눈에 담기는 남산 가까이에 있는 수제버거집에 데려갔다. 테라스에서 남산을 바라보며 햄버거를 나눠 먹은 뒤, 낡은 해방촌터에서 젊은이들이 새로운 공간을 뚝딱뚝딱 짓고 있는 신흥시장을 둘러보았다. 지연은 남산이 뒤에 곧게 버티고 있는 해방촌을 가득 담고 자랐다. 신흥시장 한쪽에서 인테리어 가게를 하셨던 지연의 아버님. 지연의 어린 시절 기억 속 시장은 활기를 띠었지만, 이제는 오래된 가게들은 모두 문을 닫고 그 자리에 낡은 분위기를 그대로 살려 하나씩 문을 연 카페, 와인 바, 야외에서 노가리를 구워주는 통닭집들이 자리 잡았다. 오래된 터에 새로운 생명이 살아있는 느낌이었다. 신흥시장을 지나 굽이굽이 경사 길을 내려왔다. 경사길 길목엔 108계단 경사형 승강기가 자리 잡고 있었다. 승강기를 타고 내려가면 45도 경사길에도 꼿꼿이 자리 잡은 집들이 보인다.

승강기에 내려 가로수길이 펼쳐진 길목 2층에 있는 유기농 찻집에 방문했다. 책을 좋아하는 찻집 주인분께서 가끔 책 읽고 독서모임을 하는 이벤트도 열고 계신다고 했다. 지연과 나는 책장이 가득한 찻집에 앉았다. 지연은 지금 독립을 준비하고 있었다.

솔 저, 서른이 되어 용산에 이사 와서 정말 새롭고 좋거든요. 그래서 30년을 이 동네에서 산 지연님한텐 이 동네에 어떤 추억이 있는지 궁금해요.

멍 남산에 추억이 많아요. 제가 다녔던 초, 중, 고등학교가 전부 남산 밑에 있었어요. 제 친구들은 모두 산타는 친구들처럼, 놀 데가 남산밖에 없어서 하교하면 매일 남산에 올라갔어요. 미니스톱에서 아이스 아메리카노 얼음 하나 사서 친구랑 같이 올라가고. 저 그리고 고3 때 처음 연애했는데요.

솔 아, 진짜요?

멍 아, 이거 엄마한테 비밀인데. 하하. 그 친구랑 처음 친해지게 된 계기가 같이 남산 데이트하면서였어요. 같이 걸으면서 얘기하기 좋은 코스거든요. 제가 물보다는 산에 가깝게 살아서.

솔 그래서 지난번에 같이 남산 올라갈 때 하나도 안 힘들어했군요?

멍 하하. 그런가.

실제로 같이 산책 겸 남산을 갈 때도 여리여리 종잇장 같은 지연은 30분 오름 코스를 너무 가뿐하게 올라버려서 오히려 튼튼한 나는 숨을 헐떡이며 당황했다. 학창 시절 지연은 첫 연애 시절 첫 데이트 코스도 남산, 학교를 마치고 친구들과 갈 데가 없으면 늘 남산에 갔다고 했다. 남산타워를 바라보는 게 좋아 용산으로 이사 온 나에게, 남산이 동네 뒷동산이어서 지겹다는 지연의 발언은 정말 새로웠다. 마치 파리에 사는 친구가 에펠탑은 집 앞에 마실 나가는 공원이지, 하는 기분이랄까.

솔   드디어 독립 축하해요, 지연님. 독립하기로 한 이유가 뭐예요?

멍   이전부터 서른 즈음에 하게 될 거 같다고 생각했었어요. 독립은 하고 싶었지만, 요건이 준비되지 않았었어요. 돈이나 직장 위치 같은 것들이요. 근데 결정적으로 제가 처한 환경을 바꾸고 싶어서 독립하게 된 것 같아요.

솔   어떤 환경이요?

멍   일본 기업인인 '오마에 겐이치'씨의 인간을 바꾸는 세 가지 방법에 대한 구절이 기억에 남아요.

「인간을 바꾸는 방법은 세 가지뿐이다.

시간을 달리 쓰는 것.

사는 곳을 바꾸는 것.

새로운 사람을 사귀는 것.

이 세 가지 방법이 아니면 인간은 바뀌지 않는다.

'새로운 결심을 하는 것'은 가장 무의미한 행위이다.」

– <난문쾌답> 오마에 겐이치 중

시간을 달리 쓰고, 새로운 사람을 사귀어봐도 사람이 바뀌긴 쉽지 않더라고요. 그중 제가 못해 본 마지막이 '사는 곳'을 바꿔 보는 거였죠.

제가 30년간 살았던 용산구 집은 밤 10시가 되면 불을 끄는 집이었어요. 가족들이 만들어 놓은 환경이었죠. 그럼 밤 10시가 넘어서 집에 들어가는 날에는 조용히 대문을 열고 들어가 거실에서 주무시는 아빠가 깨지 않도록 까치발을 들고 방으로 들어가야 했어요. 그리고 씻으러 나올 때도 눈치가 보였죠.

솔   완전 공감돼요. 실컷 놀고 새벽에 조용하게 비밀번호를 누르고 들어가도 매번 거실에서 주무시는 아빠한테 걸려서 "지금 몇 시냐?"라고 한 소리 들었거든요.

멍   저만의 생활 리듬을 만들고 싶었어요. 일을 잘하고 관계를 잘 맺고 잠을 잘 자는 공간을 만들고 싶었거든요. 저는 불면증을 겪고 있어서 잠자리가 정말 중요해요. 그래서 일하는 공간과 잠자는 공간을 분리하고 싶은 욕구가 가장 강해요.

원래 제 방에는 4평 남짓한 아주 작은 공간에 2백여 권의 책이 쌓여 있었어요. 특히 재택근무할 때에는 모니터 배경에 2백여 권의 책들

을 쌓아두고 일하다가 다시 잠들 때도 온종일 일 생각이 나서 잠들기
가 힘들었어요. 일과 휴식 공간이 섞여 있었죠.

솔 지연님 안 그래도 잘 때 생각이 많은 편이라고 들었는데, 사방이 책
과 일에 둘러싸여 있으면 푹 쉴 공간이 없었겠어요.

멍 그래서 제가 독립 할 공간에서 자는 공간은 숲의 색인 초록색을 써
서 아늑하게 꾸미려고 했어요. 잘 잘 수 있는 휴식 공간을 만들고 싶
은 거죠. 일하는 공간은 일을 더 잘할 수 있도록 좋은 의자랑 책상을
쓰는 환경이 되었으면 해요. 제가 목 디스크가 있어서 의자랑 책상에
초기 비용을 아끼지 않을 거고요. 회사에서 일하는 공간과 집에서 내
가 일하는 공간의 작업 공간이 크게 차이 나지 않았으면 해요. 서재랑
거실은 사람을 잘 맞이할 수 있는 공간이 되었으면 하고요. 독립한 공
간에서는 취미였던 통기타도 다시 시작할 거고, 우드카빙을 같이 하고
싶은 친구들, 글쓰기를 같이 하고 싶은 친구들도 다 초대하고 싶어요.

솔 독립을 준비하면서 가장 신경을 많이 쓴 방은 어디예요?

멍 서재에요. 원목 가구들을 많이 써서 꾸밀 거예요! 우선 책들이 모두 잘
들어갈 수 있도록 속이 깊은 책장을 놓을 거고요. 옆에 책상과 의자를
놓고 작업실처럼 꾸밀 거예요. 사람들도 집에 많이 초대하고 싶어요.
제가 평소에도 지인들에게 책 빌려달라는 말을 많이 듣는데 서점에 가
면 큐레이션 방식이 다 다르잖아요. 유튜브에서 제가 하는 〈북필름키
트〉처럼, 서재에 서점처럼 꾸며놓고 구역별로 키워드를 붙일 거예요.
그래서 친구들이 놀러와서 대화를 하다가, 그 친구가 '일'에 대한 고민
이 있으면 그것과 어울리는 구역에서 책을 빌려 갈 수 있게 할 거예요.

솔   지연님 방에 있는 물건, 가구, 소품 등 통틀어서 가장 아끼는 건 뭐예
　　요? 독립하면 제일 먼저 꼭 가져가고 싶었던 거요.

멍   손편지 박스 2개, 헌책, 손때가 묻었는데 절대 버릴 수 없는 거예요.
　　그리고 다이소에서 3천 원 주고 산 핸드폰 끼워 넣는 우드 스피커도
　　은근 소리가 좋아요.

독립은 '되고 싶은 내가 되는 세계'를 만드는 거예요. 그 세계는 크게
세 가지로 나뉘어요. 첫 번째는 디지털 기기가 들어오지 않는 자연주
의 컨셉의 침실이에요. 원목 침대와 잠옷 그리고 초록색 식물만 있죠.
그곳에서 불면증 걱정 없이 편안하게 잘 자는 내가 되고 싶어요.

두 번째는 일터와 똑같은 환경으로 해둔 홈 오피스. 재택을 하면서
집에서 일하는 시간이 늘었는데, 일터에서 쓰는 모니터랑 동일한 모
델을 홈 오피스 공간에 두었어요. 모니터 옆에는 업무에 필요한 마케
팅 서적이나, 일할 때 제게 영감을 줄 수 있는 관련 서적들을 잔뜩 두
었어요. 그곳에서 좋은 컨디션으로 일하는 내가 되고 싶어요.

그리고 세 번째가 소중한 사람들을 대접하는 공간인 명식당. 그곳은
좋은 관계를 유지하는 내가 될 수 있는 공간이에요. 명식당에서는 제
가 식사를 대접하는 거예요. 독립하고 집에 친구들이 놀러 오면 코스
요리처럼 음식을 조금씩 계속 대접해 주고 싶어요. 그걸 먹는 친구들이
'와, 오늘 정말 잘 먹었다. 너무 좋은 대접을 받고 하루를 잘 보냈다'라

는 생각이 들었으면 해요. 지금 제 생각으로는 1주 차는 일식, 2주 차는 양식, 3주 차는 한식 이렇게 테마를 정해놓고 초대를 하는 거죠. 다 손님도 알잖아요. 제가 체력적인 한계로 어딜 돌아다니는 걸 힘들어하는 거… 나갈 수는 없으니 집에 손님을 많이 초대하고 싶어요.

솔 집에 세 가지 지연님만의 공간을 만들고, 그곳에서 지연님이 되고 싶은 지연님을 만나겠네요. 멍식당 오픈하면 30년 만에 처음 자기 공간에 누군가를 초대하는 거네요?

멍 부모님하고 같이 살았으니 30년 동안 집에 누구를 데려와 본 적이 한 번도 없어요. 그래서인지 반대로 친구네 집에 가는 걸 좋아했어요. 중고등학교 친한 친구들한테도 매번 집에 데려가 달라고 졸랐어요.

저는 절 드러내는 데에 있어서 불편해 본 적 없었거든요? 유튜브도 그렇잖아요. 제 얼굴이 다 보이죠, 영상에. 글도 그렇고요. 근데 나를 보여주는 것이 실체화되는 건 제 공간인 '집'이 처음이에요. 이건 진짜 다른 거 같아요.

솔   지연님, 체력적인 한계로 밖에 나가는 거 힘들어하는데, 매주 집에 친구들을 초대해도 괜찮겠어요? 예전에 4인 이상만 모여도 피로하다고 했었잖아요! 저는 오히려 밖에 나가는 걸 좋아해서, 집에 친구들을 잔뜩 데려와서 몇 시간 놀다 보면 금방 피로해지던데…

멍   하하. 제가 체력이 약한 사람인 건 맞는데요. 일도 바쁜 시기와 덜 바쁜 시기가 있잖아요. 보통 바빠지는 시기에는 제가 주변 사람들을 잘 못 챙기더라고요. 그런 제가 별로였어요. 독립하면 직접 보러 가진 못해도 집에 초대하는 건 자주 할 수 있으니, 그런 방식으로 주변 사람들을 잘 챙기고 싶어요.

제가 일에 몰입하기 시작하면 연애를 잘 못 해요. 제 생활 동선 안에 있는 사람을 만나야 그 세계에 몰입하는데. 연애의 상대방이 제가 집중하고 있지 않은 다른 세계에 있으면 연락도 잘 안 되고, 만나는 데에도 에너지를 쏟거나 집중할 수 없으니까요. 자만추를 해야 하나… (웃음)

솔   지연님한테 '집'은 어떤 공간이에요?

멍   예전에는 '집 = 가장 안전한 곳'이어야 한다고 생각했어요. 제 상상속 집 앞에는 푯말이 붙어있는데요. 그곳에는 '작은 천국'이라고 쓰여 있어요. 슬픔도 없고 안식만 있는 곳을 천국이라 하잖아요. 밖에서 힘든 일 다 겪어도 저와 미래의 제 배우자, 그리고 아이가 집에 들어오면 가장 편안하고 위로받을 수 있는 공간이 되면 좋겠다고 생각했어요. 그래서 작은 천국을 가기 위한 징검다리로 혼자 사는 연습을 하는 거 같아요.

솔 가정을 이루는 게 지연님이 생각하는 이상적인 집이라면 더욱 연애하고 싶지 않아요?

멍 아무래도 그렇죠? 연애가 있어야 결혼도 있으니. (웃음) 근데 한동안 연애 생각이 정말 없었어요. 친구들은 그런 저를 신기해했고요. 제 목표를 해결하기 위해서 연인을 프리즘처럼 사용하는 걸 그만두고 싶었거든요. 내가 먼저 좋은 그릇이 되어야 작은 천국을 만들 수 있는데 제가 아직 그런 그릇이 안 되어서 연애할 엄두가 안 났던 것 같아요.

솔 왜 더 일찍 독립하지 않았어요?

멍 부모님과 함께 사는 집에서 엄마 아빠와 갈등이 생기면 그걸 그대로 두고 나오기가 어려웠어요. 문제가 있어도 버틸 수 있을 만큼은 버텨야 한다고 생각했어요. 근데 실은 작년에 4일 정도 가출을 한 적이 있었어요.

솔 가출이요? 4일을? 어디 갔었어요?

멍 회사 앞 찜질방에서 자고 일어나서 매일 아침에 다른 옷 사 입고 출근하는 4일이었죠. 제가 계속 부모님 집이라는 환경에 있으면 제가 목표한 '작은 천국'을 만들 수 없겠더라고요. 엄마 아빠의 문제까지 발 벗고 나선다고 해도 제가 다 해결할 수는 없거든요. 내 문제 하나도 바꾸기 어려운데, 부모님은 저보다 2배나 더 살았는데 스스로 바뀌는 것도 남이 바꿔주는 것도 모두 쉽지 않았죠. 저는 문제가 생겨도 끝까지 해결하고 싶어 해서 나름 가족 안에서 완충재 역할을 해야 한다는 책임감이 있었나 봐요. 가출할 때 즈음 제 심리는 그 책임감에서 도망가고 싶은 심리도 있었던 거 같아요.

솔   서른 살의 첫 가출이었네요! 저도 대학생 때 통금 시간이 밤 12시였는데 한 달을 매일 밤 놀이터에서 11시 59분까지 버티다가 들어간 적도 있어요. 매일 아슬아슬하게 통금을 지켜 들어가는 거죠. 엄마를 더 화나게 하고 싶었던 심리였죠. 오히려 저는 독립하고 나서 부모님과 사이가 더 애틋해지고 좋아졌어요. 통화도 많이 하고 서로 의지도 많이 하게 됐고요.

멍   맞아요, 다솔님. 저도 부모님한테 더 좋은 딸이 되고 싶어서 독립했어요. 독립을 선택하기 직전까지 엄마 아빠에게 독립하겠다고 설득을 하다 참, 뜻대로 설득할 수 없으니 서러워서 엉엉 울었던 적도 있었어요. 그때 절실한 마음에 엄마한테 얘기했죠. "엄마, 나는 엄마를 오래 오래 사랑하고 싶고, 엄마 아빠를 그만 미워하고 싶어. 그러니깐 독립할래"라고요.

남산을 보는 것이 좋아 이사 온 나와 30년간 남산을 바라보다 이제는 강 건너 이사 가는 지연. 부모한테 더 좋은 딸이 되고 싶어 독립했다는 지연의 문장이 오래도록 남았다. 서른이 되면서 부모를 이해하지 못하고 바꾸지 못해 미워하는 일은 이만 멈추기로 했다. 부모로부터 보호받는 구역에서 벗어나는 단계, 그 단계에 독립이라는 선택지가 있었다. 누군가는 그 단계를 건너뛰거나 필요하지 않다고 생각했을 거다. 다만 나와 지연에게 독립은 생존이었다. 반드시 변화하고 싶은 나를 위해 억지로 무리해서라도 밀어 넣은 세계였다. 사는 곳을 바꾸지 않으면 인간은 변할 수 없단 말에 같이 공감하고, 서른이 되어 우리는 부모를 미워하지 않고 스스로 알맞은 환경을 만들어 바뀌어야만 한다고 생각했다. 필연적으로 우리는 인생에서 같은 단계에 마주 서서 대화할 수 있는 사람이었다. 바뀌고 싶은 각자가 서 있는 자리에서 몸부림치고 있는 상태라는 걸 서로 알아봤다.

2백여 권의 책과 취향 배어있는 원목 가구와 맛있는 밥을 지어서 친구들에게 대접할 지연의 집을 상상하며 그녀의 침대 맡에 둘 화분을 하나 선물하겠다고 다짐했다. 나는 화분을 선물하고, 지연과 밥을 나눠 먹으며 고민을 털어놓으면 지연은 나를 본인의 서재로 초대할 것이다. 그러고는 나의 고민에 어울리는 책을 한 권 빌려줄 것이다.

설레지 않으면 버려라

멍 쏨

벽지 위에 붙은 정갈한 포스터와 메모들. 분위기를 더해 주는 음악과 조명. 공기에 흐르는 특유의 잔잔한 향기. 다솔을 대변하는 다솔의 자취방이다. 다솔은 작년 11월에 독립을 했다. 두 달 정도 텅 비어 있던 8평 남짓한 원룸에 다솔은 터를 잡았다. 그 집은 고개를 기울여 남산이 보이고 5분 안쪽 거리에 '맛집'으로 검색되는 카페들이 즐비한 용리단길 근처이다. 그리고 다솔이 걸어서 15분 안에 회사까지 갈 수 있는 합리적인 동선에 있기도 하다.

다솔은 독립하고 근 6개월 동안 친한 친구와 동료들을 하나둘 이 집에 들였다. 그리고 나에게도 그 지분의 한편을 내주었다. 인터뷰하며 종종 나는 다솔의 집에 초대받았다. 다솔은 늘 "이번 주에는 뭐 먹고 싶어요?", "지연 님, 제가 해보고 싶은 요리가 있어요! 맛있게 해 줄게요" 하고 내게 제안했다. 이내 다솔이 잘 차려놓은 테이블에서는 오랜 시간 함께 먹고 마시며 웃고 떠들어도 피곤함이 없었다. 다솔이 만들어 내는 공간에는 사람을 편안하게 만들어 주는 쉼이 있고 타인의 불편을 알아채는 배려가 있기 때문이다.

다솔은 함께 음식을 먹고 난 후엔 무슨 디저트를 먹고 싶은지 꼭 물어주고 오랜 시간 인터뷰를 할 땐 자리가 불편하지 않은지 의자의 위치를 바꿔주곤 했다. 사람을 귀하고 따뜻하게 맞이해주는 다솔의 집에서 다솔이 보인다.

다솔이 독립한 스토리를 듣기 위해 오늘도 우리는 다솔의 집에서 만났다.

멍   다솔님, 저는 '공간이 나를 대변한다'라고 생각하는데 다솔님 집도 꼭
      그래요. 제가 몇 개월간 주기적으로 이 집에 오고 가면서 느낀 건데요,
      '다솔 하우스'에는 늘 메모와 음악, 그리고 특유의 향이 있어요. 이 방
      을 감싸고도는.

솔   하하. 그래요?

멍   네! 다솔님이 음악을 좋아하니까. 유튜브나 사운드클라우드에서 디제
      잉한 EDM 음악이 스피커에 흐르는 것은 너무 자연스러웠어요.
      또 다솔님한테 늘 나는 좋은 향기가 있는데요, 그게 이 방에서도 나더
      라고요! 그래서 저에겐 이제 여기 있는 디퓨저 향이 '다솔 향기'로 각
      인되었어요. (디퓨저 이름을 물어보았더니 워터드롭소나타 제품 중
      '꽃시장 향기'라 한다. 장난인 줄 알았는데 진짜 '꽃시장 향기'가 '다솔
      향기'란다)
      근데 그중에서도 제가 제일 재미있게 봤던 게 있었어요!

솔   그게 뭔데요?

멍   (벽을 가리키며) 여기에 항상 붙어있지만 늘 달라지는 글자들이요!

한 주 혹은 한 달 단위로 다솔의 집에서 인터뷰하면서 테이블과 의자, 책과 화장품이 모두 잘 정리된 형태로 제자리에 놓여있음을 보았다. 그런데 딱 한 가지 매번 바뀌는 것이 있다면 벽지에 붙여진 다솔이 쓴 메모들이었다.

오늘의 다솔 하우스에는 'Connecting the dots'라는 문구가 쓰여 있었다. 무슨 뜻으로 적은 메모인지 물어보니, 요즘 '회사와 나', '일과 취미' 사이에서 현재에 충실하면서 미래에 대한 밑그림을 그려 보는 시기를 지나고 있다고 했다. 그래서 조직문화, 독서모임, 글쓰기, 디제잉, 티셔츠 만들기 같이 다솔이 좋아하는 일과 취미 사이에서 서로 다른 점들을 이어보는 중이라고 했다.

자기에 대한 고민을 쉬지 않고 좋은 자극을 받으면 잊지 않으려 부단히 애쓰는 다솔. 그런 다솔이 그려낸 생각의 메모 중에서 내게 가장 인상 깊었던 문장을 만난 건 한 달 전이다.

"너 그거 안 될 거야"
– 다솔의 자취방 벽지 메모 중

명   너 그거 안 될 거야? (중얼중얼) 다솔님, 이 메모는 뭐예요?

솔   그거 봤어요? (머쓱) 못 보게 미리 떼어둘걸…

명   뭔데요 뭔데요?

솔   별건 아닌데요, 조직문화 관련 영상을 보다가 인상적이었던 내용이라 적어두었어요.

멍 다솔님은 쉬는 시간에도 어떻게 하면 좋은 조직문화를 만들 수 있을 지 고민하는구나…

솔 아, 제가 쉴 때 저에게 좋은 자극을 주는 영상 보는 것을 좋아하는데 요, 그러다 보니 강연 영상을 찾아 듣게 되더라고요.

음… 제가 영상을 봤던 당시가 한창 이직하고 일에 자신이 없던 시기 였거든요? 회사 규모가 이전보다 기하급수적으로 커지면서 원래는 되 었는데 이제는 안 되는 일들이 많아지는 걸 경험했거든요. 그때 일터 에서 "이건 안 될 거예요" 하는 이야기를 많이 들었는데 제가 봤던 영 상에서 그런 시기를 이겨낼 방법에 대한 조언이 나왔어요.

멍 그랬군요.

솔 네, 그래서 써두었어요. 사람들이 저에게 하는 말을. "너 그거 안 될 거 야"라고 말할 때 그 한계를 제가 깨고 싶다고 생각이 들도록… 잊지 않으려고요.

멍 우와… 다솔님 스스로 주는 자극이군요. 혼자 있을 때도 그걸 잊지 않으려고요.

내가 아는 다솔은 의존적인 것을 싫어한다. 힘들고 어려운 일이더라도 주 체적으로 선택하고 경험하면서 자기의 한계를 깨고 성장하는 것을 즐거워 하는 사람이기 때문이다. 그렇기 때문에 다솔은 누가 시켜서가 아니라 스스 로 자신을 자극한다. 쉼이 있는 공간에도 메모를 가득 써놓을 만큼.

멍 그럼 다솔님한테 '집'이라는 공간은 어떤 의미예요? 이 집에는 다솔님이 좋아하는 화려한 음악과 스피커가 있고. 편안한 분위기를 더해 주는 조명과 향기가 나는데. 제가 예상하기로는 '휴식'에 가까운 공간이 아닐까 싶어요.

솔 (곰곰이 생각하다) 네, 저도 그런 것 같아요. 제가 독립을 처음하고 나서 집에서 혼자 보내는 시간이 어색하다고 생각했거든요? 보통은 밖에서 사람들이랑 노는 시간을 좋아하고 혼자 있는 시간을 보낼 때도 새로운 카페들을 다니면서 공간을 소비하는 편이라. 혼자 집에서는 유튜브 영상을 보거나 누워있게 되어서 일이 손에 잘 안 잡히거든요. 저는 그렇게 혼자 있는 시간이 스스로 못마땅해서 집을 얼른 박차고 나오는 편인 거고요.

멍 그렇구나! 저는 독립을 하는 큰 이유 중 하나가 제가 만든 공간에서 일을 더 잘할 수 있을 거란 확신이 있어서인데, 신기해요. 그럼 다솔님은 사람들과 함께 보내는 공간에서 더 생산적인 생각과 활동을 하나 봐요.

솔 네, 저는 다른 사람들을 보면서 좋은 자극을 받는 일들이 저를 움직이는 동력이자 자극이 되는 것 같아요. 그래서 집에 혼자 있을 땐 주로 온전히 쉬거나 그러한 자극을 잊지 않게 해 주는 메모들을 써두고 보는 것 같아요. 그러니까 뭐랄까⋯ 혼자 오래 있어도 일도 쉼도 다 잘하면 좋은데 저는 괜히 울적해지거나 너무 느슨해져서 그게 잘 안되거든요. 그러니까 '나 혼자 산다' 되게 못하는 스타일?

멍 하하. 재밌네요.

솔 그런데 제가 밖에서는 '밝음 모드'로 있다가 사람들과 헤어지고 집에 들어오면 그 모드를 끄고 충분히 제가 하고 싶은 대로만 시간을 보내거든요? 근데 이게 가족들하고 같이 살 때는 엄마, 아빠도 제가 충실하고 싶은 사람들이니까 충분히 '밝음 모드'를 끌 수 없어서 괴로울 때가 있었는데 이제 분리되어 혼자 살다 보니 온전한 자유를 보장받는 느낌이라. 이게 진짜 휴식인 것 같달까? 집에 들어오면 정말 잘 쉬는 느낌이 들어요.

멍 그렇구나. 그럼 독립을 '나만의 우주'라고 정의했는데 그건 어떤 이유에서예요?

솔 저에게 밖은 좋은 '자극'이고 집은 진짜 '휴식'이라면, 독립한다는 건 무엇이든 내 맘대로 할 수 있다는 뜻으로 해석했어요. 어떤 감시도 없이 온전히 내가 선택할 수 있는 상태. 근데 그게 우주처럼 무궁무진하니까, 독립은 끝판왕 자유인 것 같더라고요!

멍 내가 의사결정권을 가지고 자유로운 선택을 무궁무진하게 할 수 있는 상태라. 그래서 나만의 우주인 거군요.

솔 네, 맞아요! 제가 독립적으로 살다 보니 나이가 하나둘 들수록 그 세계가 점점 더 커져서 나중에는 아주 조금만 부모님이 간섭하셔도 너무 싫은 상태가 되어 버리더라고요. 스물여섯 즈음부터 그런 생각을 구체적으로 했던 것 같아요. 워낙 밖에 있는 걸 좋아하다 보니 통금도 참 싫었고요.

그런데 재미있는 게 막상 독립하고 보니 제가 밖에서 놀면서 술 마시는 건 좋아했는데 혼자는 술을 안 마시더라고요? 그래서 알았어요.

아, 내가 혼술은 안 좋아하는구나. 친구들하고 같이 짠- 하고 즐거운 시간 보내는 게 좋았던 거지 혼자 집에 있다고 매일 절제 없이 마시고 싶어 하지는 않다는 걸 알게 되었달까.

멍 그렇구나!

솔 또 재미있는 게, 생각보다 제가 부엌하고 화장실 청소를 좋아하더라고요. 부모님과 같이 살 때는 '저의' 부엌이나 화장실 같은 개념이 없었잖아요? 근데 제가 처음으로 그런 것들을 가지게 된 거죠. 그러니까 주기적으로, 그것도 엄청 열심히 부엌도, 화장실도 청소하고 애착을 갖더라고요. 음식물 쓰레기 같은 것도 귀찮아도 바로 버리고. (웃음) 제가… 그러더라니까요?

멍 하하. 역시, 다솔님은 '자기애'가 있어요.

솔 자기애요?

멍 네, 자기애라는 게 '나에게 잘 해 주는 상태' 같아요. 다솔님은 꼭 그런 사람으로 보이고요. 누가 간섭하지 않을 때 알아서 더 잘하는 사람. 온전한 자유를 원하지만, 그 안에서 나를 향한 책임을 다하는 사람이요.

솔 그런가요? 엄마가 저한테 "다솔아, 엄마랑 같이 살면 빨래랑 청소도 엄마가 다 해 주고 얼마나 좋아"하고 말씀하신 적이 있는데 저는 그 말이 "다솔아, 엄마랑 같이 살면 평생 빨래랑 청소하는 법도 모르고 살겠네"라는 말로 들렸어요. 빨래도 청소도 할 줄 아는 저 자신을 그렇지 않은 저보다 기특해하는 것 같달까.

멍 저는 이런 다솔님이 독립한 거. 참 잘한 선택 같아요.

누군가 규정하는 한계로부터 얽매이고 구속받는 걸 싫어하는 다솔. 그리고 스스로 선택한 것에 대한 책임과 자유를 함께 만끽하는 다솔. 나는 다솔의 이런 면모를 '어른스럽다'라고 느낀다.

멍　　그럼 지금 독립한 집에서 다솔님이 가장 아끼는 물건은 뭐예요? 이사할 때 뭐부터 챙겨왔는지 궁금해요.

솔　　제가 '미니멀리스트'까지는 아닌데요, 독서모임에서 일본의 정리 전문가 '곤도 마리에'라는 사람에 대한 이야기를 듣고 '물건을 잘 버리는 법'에 대한 영감을 받은 적이 있어요.

멍　　어떤 면에서요?

솔　　"나에게 필요한 것만 갖자. 나에게 필요하지 않은 걸 갖는 게 나를 방해한다"라는 이야기를 들었는데 이게 오래 맴돌더라고요.

멍　　나에게 필요하지 않은 걸 갖는 게 나를 방해한다… 와아.

솔　　넷플릭스에 〈곤도 마리에: 설레지 않으면 버려라〉라는 콘텐츠도 있는 거로 알아요. 그러다 보니 이번에 독립할 때도 본가에서 챙겨올 것이 딱 세 박스만 나오더라고요.

멍　　세 박스라니… '맥스멀리스트'인 저로서는 이해하기 힘들어요. (머쓱)

솔　　하하. 그래서 가장 아끼는 물건이라고까지 할만한 건 없지만… 일도 하고 디제잉 영상도 봐야 해서 큰 모니터 하나랑 너무 편안해서 아끼는 의자 하나 정도가 제가 가장 애정하는 아이템이 아닐까 해요.

　　내가 지금까지 인터뷰하며 알게 된 다솔은 사람에 대한 욕심이 있다. 자신이 애정하는 이는 끝까지 챙기면서 그들 또한 자신을 얼마나 아끼는지 눈빛을 읽어낼 수 있는 사람. 사람들 틈에서 자신의 쓸모를 알고 그 역할에 충실하며 조직을 이끌어가는 힘이 있는 사람이기 때문이다. 그런 다솔에겐 물욕이 없다. 실제로 내가 방문해 본 다솔의 집은 아주 정갈하다. 필요를 채우는 물건들이 늘 제자리에 있는데 그것들 사이에 과함이 없다. 그런데도 묘하게 풍기는 다솔스런 공간의 힘이 있다. 그래서 때론 음악에 취하고, 때론 향기에 취하며, 또 때론 다솔의 함박웃음과 대화에 에너지가 채워지는 곳. 그렇게 스스로 만들어 낸 작은 우주에 사람을 들이고 무한정 기쁨과 슬픔을 나누는 곳.

이런 '다솔 하우스'에 그의 친구와 동료들이 방문해 한 문장씩 쓴 방명록을 들춰보다 이내 깔깔거리다 또 멈추어 그렁그렁해지기도 했다. 다솔의 친구들은 다솔에게 "전형적인 훈녀의 방", "오늘의 집에 나올 것 같은 방"이라고 적었다. 깔끔한 화이트 톤에 포스터와 모듈이 제 자리에 있는 다솔의 집에서 나도 꼭 그런 느낌을 받아 웃음 지었다. 이내 한 장을 더 넘겨 방명록을 바라보니 다솔의 부모님이 다녀가신 흔적이 보였다. 그곳엔 이런 문장들이 수놓아져 있었다.

울 딸!

짜근 딸!

늘 약한 척하고

늘 힘든 척했구나!

널 보니

네가 컸고

내가 늙었구나…

아빠가.

– 다솔의 집들이 방명록 중

눈부터 코까지 다솔을 꼭 닮은 다솔의 아빠. 유쾌하고 재치 있는 말투까지 꼭 다솔스러우시다. 부모님의 간섭에서 벗어나고 싶은 마음이 절실했던 우리는 이제 정말로 어른이 되었다. 서른이 되어 밥벌이를 하고 우리의 세계가 부모님의 세계보다 더 커지기도 했다. 효율적인 일과 시간 관리를 위해 직장 근처로 터를 잡고 좋아하는 카페도, 음식점도, 미술관과 영화관도 30분 이내로 출입이 가능하다.

그런데 이제는 주말마다 부모님을 찾아가 독립한 둘째 딸의 아쉬움을 달래 드리고 보호받는 자에서 보호하는 자로서 부모님의 건강을 살핀다. 일주일에 한 번씩 아무리 바빠도 꼬박꼬박 본가에 찾아가 엄마와 산책을 하고 아빠와 밥을 먹는다는 다솔. 일상이 많이 바빠 이제는 본가에 가는 횟수를 줄이고 싶다고 말하면서도 방명록에 수놓아진 아빠의 문장들에 시선이 머무는 다솔. 나는 그런 다솔의 집에서 '독립'을 배우길 참 잘했다는 생각이 든다.

다솔에게 독립 후 달라진 것이 무엇이냐 묻자, 다솔은 '나 알기', '가족과의 애틋함', '돈 관리'라고 답했다. 나에 대해 더 구체적이고 조밀하게 알게 되었고 독립을 하면서 부모님과 더 좋은 관계를 유지하게 되었다고 했다. 더불어 정확하게 갚아나가야 하는 전셋값의 이자와 살아내기 위한 관리비를 한 치의 오차 없이 관리하고 있다고 했다.

얼마 후면 나도 독립을 한다. 나 또한 다솔과 같이 우리 집의 둘째 딸이다. 매일 부모님의 자는 얼굴만 볼 만큼 늦게 퇴근해서 별다른 역할도 못 하고 있으면서 어쩐지 벌써 부채감이 생긴다. 나도 독립을 하면 다솔처럼 부모님과 좀 더 애틋한 관계가 되어 서로에게 충실할 수 있을까? 오랫동안 부모님을 마음 깊이 사랑해내고 싶다.

이제 우리는 우리 자신을 다듬어가는 시간과 공간으로 '독립'을 사용하고 싶다. 어떤 감시가 없어도 온전한 나의 선택을 믿고, 내가 선택한 자유에 책임을 다하는 공간. 또, 잘 자고 열심히 일해도 끝끝내 내 사람들을 지켜내는 공간으로써 '독립'을 사용하고 싶다. 그렇게 다솔에게 '나만의 우주'로 나에겐 '되고 싶은 내가 되는 세계'가 되고 싶다.

인터뷰 마지막 질문으로 나는 다솔에게 독립을 꿈꾸는 사람들에게 조언해 주고 싶은 것이 있는지 물었다. 그리고 다솔은 이내 이렇게 답했다.

솔   조언이요? 제가요?

자기가 무슨 독립에 대해 조언을 하냐며 손사래를 치는 다솔. 그래도 한 문장만 조언을 해달라 조르는 나에게 다솔은 곰곰이 생각하다 다시 답한다.

솔   글쎄요… 완벽하게 준비가 되지 않아도 시작할 수 있지 않을까요?
      저는 그랬거든요. '완벽하게 준비해야 한다고 해서 아무것도 안 하는
      상태'가 정말 싫더라고요.

그러게나 말이다. 독립을 하기 위해 나는 돈, 위치, 그리고 라이프 스타일에 대한 개념 정의가 꼭 필요하다고만 생각해 왔다. 실제로 그때를 기다려 이제야 독립을 한다. 그런데 다솔의 말은 내게 힘이 있다. 꼭 그것만이 독립의 방법은 아니라고. 나 같은 사람은 나처럼, 다솔 같은 사람은 다솔처럼. 나와 다솔처럼 각자의 시간과 공간에서, 완벽한 준비가 되었든 되지 않았든, 취향이든 생존이든 시작하면 그뿐인 것을.

• 두 번째 10문 10답 •

Q. 아래 10개 밑줄을 떠오르는 생각대로 문장 완성을 해 주세요.

A. 솔

- 나는 하루를 시작할 때, 이불 정리를 하고 좋아하는 노래를 듣는다.
- 정오가 되면, 점심 먹고 아이스 아메리카노를 마실 생각에 설렌다.
- 잠을 자야 할 때는, 4-7-8 호흡법을 한다.
- 책을 읽는 순간은, 가끔 벅차고 노션(notion)을 손에서 떼어놓지 못한다.
- 나에게 유희는, 혼자 카페에서 시간 보내기이다.
- 내가 요즘 가장 만족했던 것은, 아이폰 12 mini 사고 제주도 다녀온거지롱~
- 사람들을 만나면 나는, 에너지를 받는다.
- 혼자 여행을 한다는 것은, 나랑 친해지는 것이다.
- 죽는 날 마지막으로 하고 싶은 말은, 잘~ 놀다 갑니다!
- 우리는 서로에게, 사랑이야!

A. 멍

· 나는 하루를 시작할 때, 옷을 고르면서 좋은 감정을 선택한다.

· 정오가 되면, 먹고 싶은 음식이 시시각각 변한다.

· 잠을 자야 할 때는, 잘 수 없어 괴로운 순간이 온다.

  안녕, 나의 친구 불면의 밤이여.

· 책을 읽는 순간은, 책임감 없이 읽고 싶은 만큼만 읽는다.

· 나에게 유희는, 나만의 속도로 사유하고 몰입하는 순간에 빛을 내는 것!

· 내가 요즘 가장 만족했던 것은, 엄마가 해준 주꾸미 볶음밥을 얻어먹고,

  아빠가 설거지를 하고, 언니가 사 온 딸기를 먹고, 내가 빵을 구운 날이다.

· 사람들을 만나면 나는, 말이 없어지거나 말이 너무 많아져 TMI가 된다.

· 혼자 여행을 한다는 것은, 진실을 구축하는 일이다.

· 죽는 날 마지막으로 하고 싶은 말은, 덕분에 여기까지 왔어요.

  고마웠고 많이 사랑했어요.

· 우리는 서로에게, 책이고 글이자 기쁨과 슬픔이다.

Chapter 8
우리는 무엇 할 때, 무엇 하다

솔이 죽는 날 마지막으로 하고 싶은 말은
'잘~놀다 갑니다!'이고,
멍은 하루를 시작할 때
옷을 고르면서 좋은 감정을 선택합니다.

아침에 일어나 오늘의 감정을 선택합니다

솔 쏨

인터뷰 30분 전, 카페에 앉아 멍을 때렸다. 원래 계획대로라면 약속 시간 전에 미리 카페에 가서 인터뷰에서 나눌 이야깃감을 정리해야 했지만, 오늘은 겨를이 없었다. 나의 자취방에 예고도 없이 1박을 하러 온 엄마를 허겁지겁 맞이하고 오는 길이기 때문이다.

지연과 함께 한 독서모임의 첫 책은 이슬아 작가의 〈나는 울 때마다 엄마 얼굴이 된다〉였다. 작가 이슬아와 이슬아의 엄마 복희를 보며, 나는 나와 엄마의 관계에 대해 생각했다. 반년 전 내 인생 첫 독립을 했다. 회사가 용산으로 이사를 하게 되면서 출퇴근 시간이 왕복 3시간이 걸렸기 때문에(라고 말하지만 드디어 독립할 타이밍이 맞아서), 나도 용산 근처로 독립을 했다. 이번 독립은 단순하게 집에서 나와 나 혼자 산다는 의미만은 아니었다. 부모에게 보호받는 가정에 살다가, 부모 품에서 나와 이제는 가정을 보호하는 포지션으로 부서 이동을 한 느낌이었다. 내가 나이를 먹으면서 부모님도 나이를 먹었다. 30년을 같이 살았으니 딸이 서울에서 서울로 이사한다는 사실을 인정하면서도 아무래도 서운해하셨고 독립한 막내딸을 이전보다 자주 찾으셨다.

그래서인지 엄마가 자취방에 오면 마음이 바쁘다. 깨끗하지만 웨이팅이 없고, 메뉴에 닭고기가 들어가지 않아야 하고, 맵거나 짜거나 자극적이지 않으면서, 한 번도 가본 적 없는 새로운 음식점과 카페를 찾아 보답하고 싶은 마음이 든다. 게다가 분노와 슬픈 감정에 공감 능력이 약한 딸, 특히 가족에 겐 더 무심한 막내딸은 떨어져 있던 한 달 동안 묵혀둔 엄마의 수다 상대가 되어야 했다. 집 보러 다니고, 부동산 계약하고, 입주 청소에, 인터넷 설치에, 세금도 내야 하고. 독립하면 직책도 없이 혼자 할 일만 늘어나는데 사은품 으로 딸려 온 서울에 혼자 사는 듬직한 막내딸 역할은 여전히 낯설다.

엄마와의 동네 투어를 마치고 자취방에 모셔다드리며 자취방 비밀번호를 신신당부하고 곧바로 지연과 인터뷰 준비를 하러 카페에 왔다. 사람 만나길 좋아하는 MBTI에서도 극 E형인 나도, 가족 앞에서만큼은 방에만 있고 싶 은 I형 인간이고 싶은 날이 있다. 아직 지연이 오기 전 막내딸 모드에서 지연 의 인터뷰 파트너로 모드전환이 안 된 상태. 지연과의 인터뷰가 부담으로 다 가왔다. 이 기분, 이 상태로 난 오늘 인터뷰를 잘 마칠 수 있을까? 지연은 나 와 만나는 시간을 좋아해 주었고 독서모임에서는 못 보던 지연만의 TMI도 우당탕탕 쏟아내는 사람이었다. 나는 그런 지연의 우당탕탕을 보는 게 좋았 다. 지연이 해주는 이야기에 내가 가끔 리액션을 얹으면 지연은 까르르하고 웃어 보였다. 하지만 오늘 나의 무드는 그 기대를 채워주지 못할 것 같은, 그런 리액션도 못할 만큼 지쳐있는 상태였다.

　게다가 이번 인터뷰에서는 각자 2가지 숙제를 해와야 하는 미션이 있었다. 첫 번째는 지연이 미리 보내온 10개의 서술형 문답을 답해가는 것. 두 번째는 휴가 동안 다녀온 제주도 여행에서 1만 원 이내의 기념품을 사 오는 것. 근데 아뿔싸. 지연의 기념품을 잘 포장해놓고는 엄마를 바래다주고 오는 길에 자취방 현관문에 두고 나왔다. 숙제를 한 가지 빼먹은 나는 지연을 기다리는 마음이 무거웠다.

　인터뷰 5분 전, 카페에 앉아 잠시 충혈된 눈을 감고 Bruno Mars, David Guetta − Versace on the floor 한 곡 반복을 눌렀다. 얼마쯤 시간이 지났을까 잠깐 눈을 떴을 때, 마침 걸어오던 지연과 눈이 마주쳤고 나는 이상하게 미소가 지어졌다. 지연은 베이지색 구두에 코트를 입고 왔다. 진주색 귀걸이는 여전했다. 흰색 텀블러에 블랙 티를 담아 온 지연이 나를 보자 웃었다.

솔　　지연님, 아니 오늘 제가요. 집에 엄마가 왔는데요. 어쩌고저쩌고.
멍　　(끄덕끄덕)
솔　　그런데 저도 이 역할은 처음이라 잘 하는 건지, 도대체 맞는 건지 잘 모르겠어요. 또 어쩌고저쩌고.
멍　　다솔님 이제 어른이네요!

앞자리에 지연이 앉자 나도 모르게 가족사(라고 말하고 TMI라고 쓴다)를 쏟아냈다. 지연은 내 이야기에 큰 리액션을 하지는 않았다. 그저 가끔 눈이 똥그래지거나 고개를 끄덕이거나 한두 마디만 얹을 뿐이었다. 내가 털어놓는 이야기를 가만히 들어주고, 더 깊숙이는 묻지 않는 지연의 따뜻한 배려가 느껴졌다. 유난스럽지 않은 지연의 반응에 나는 한두 마디 내 감정을 더 얹었다. 바쁜 마음이 좀 개운해졌다. TMI를 마치자 감정이 어느 정도 정돈이 되어 지연이 숙제로 내주었던 10문답을 나누었다. 10문답은 시작하는 문장 뒤에 서술형으로 나만의 생각을 완성하는 문답이었다.

멍 다솔님부터 시작해볼까요? 〈나는 하루를 시작할 때,〉 다음에 무슨 문장 썼어요?

솔 〈나는 하루를 시작할 때, 이불 정리를 하고 좋아하는 노래를 튼다〉

멍 오, 역시 노래를 트네요. 다솔님다운 답변이에요!

솔 지연님은 뭐라고 썼어요?

멍 〈나는 하루를 시작할 때, 옷을 고르며 감정을 선택한다〉

솔 감정을 선택해요?

멍 저는 아침에 일어나면 옷을 천천히 고르는 걸 좋아하는데요. 사람은 자기감정을 선택할 수 있대요. 그래서 아침에 일어나 외출할 때 입을 옷을 고르는 것처럼 오늘 입을 제 감정도 고르는 거죠. 그러면 제가 입고 나간 그 감정이 그날 하루에 꽤 많은 영향을 미치더라고요!

솔 내 감정을 내가 선택할 수 있다니. 마지막 질문에는 뭐라고 답했어요? 〈우리는 서로에게,〉 문답이요. 저는 답변에 〈우리는 서로에게,

사랑이다!〉라고 적었어요.

명 다솔님처럼 명랑하네요. 저는 〈우리는 서로에게, 책이고 글이자 기쁨과 슬픔이다〉

솔 오, 이것도 지연님다운데.

인터뷰 회가 거듭할수록 우리는 '다솔님답네요', '지연님스러워요' 등의 코멘트를 자주 했다. 자기다운 것들을 서로 보여주고, 탐구하고, 유추할 수 있는 서로에게 서로는 좋아하는 작가의 소설책이자 에세이였다. 아침에 일어나 오늘 하루 동안 입을 감정을 선택하는 지연은 자신에게 집중하는 방법을 아는 사람으로 보였다.

솔 지연님, 얼마 전에 제가 보낸 퍼스널 컬러 테스트해봤어요? 제가 테스트해보니까 연갈색인 '웜 플레임' 하고 연초록색인 '다우니'가 나왔는데요. 재미있는 점은 이 두 가지 색깔이 가진 각각의 개성이 다르다는 점이었어요. 연갈색 성격 타이틀은 '환불원정대, 마이웨이자' 였고, 연초록색인 다우니의 성격 타이틀은 '사람 좋아하는 정의로운 덤벙쟁이'였는데요. 저는 음식이 잘 못 나와도 그냥 그러려니 하고 맛있게 먹고, 구매한 물건에 하자가 있어도 환불 과정의 갈등을 불편해서 그냥 쓰곤 해요. 다우니가 정의하는 정의로움과도 좀 거리가 멀어서, 다수의 의견을 잘 따라가는 그룹에 속해있기를 좋아하는 안전주의자거든요.

명 저는 연노란색인 '오아시스' 나왔어요. 온화하고 성실하고 서포트를 잘해준다는 성격 타이틀을 가지고 있더라고요.

솔   진짜요? 제 주위에 오아시스들이 많네요? 제 절친 효연이, 원석이랑 저희 엄마한테도 퍼스널 컬러 테스트를 보냈더니 '오아시스'가 나왔거든요! 색깔 이름도 벌써 온화한 오아시스라니. 묵은 갈증도 해소해 줄 것 같은 이름이잖아요.

멍   다솔님 어머니랑 저랑 퍼스널 컬러가 똑같아요? 신기하네.

솔   그러게요. 저 오아시스만 골라 사귀는 오아시스 컬렉터인가 봐요. 주변에 비슷한 성향의 사람들만 두나? 노란빛의 오아시스가 제 주변인들이고 그 옆에 갈색 기둥과 초록색 잎을 가진 나무가 제일 것 같아요. 주위에 오아시스들을 잔뜩 모아서 영원히 갈증날 일이 없게 바다를 만들고 싶은 나무.

멍   다솔님 어머니랑 제가 같은 오아시스라면 왠지 잘 맞을 거 같아요. 저어른들이랑 얘기하는 거 되게 좋아하거든요.

솔   그래요? 전 어른들한테 잘 못 대해요. 붙임성있게 말 걸고 잘 대하는 건 늘 어렵더라고요.

멍   다솔님 누구하고도 잘 지낼 거 같아 보이는데 의외네요. 전 어른들의 노련한 경험에서 쌓인 이야기들을 듣는 걸 좋아해서요. 이번에 제주도 여행 가서도 모든 일정을 일찍 마치고 숙소로 돌아와서는 에어비엔비 사장님하고 사람들하고 저녁 나눠 먹고 수다 떨며 시간을 보냈어요.

솔   진짜요? 전 혼자 여행 가면 낯선 사람하고 말은 잘 못 섞어요. 지연님하고 저 여행 스타일 되게 다르네요. 저희 엄마도 요즘 좀 속상한 일이 있으셔서 내일 친구 분하고 제주도로 여행 가신대요. 그래서 공항에서 가까운 우리 집에서 오늘 하룻밤 묵으시는 거예요.

멍　　아, 그랬구나! 오늘 다솔님하고 어머님 같이 인터뷰 자리에 오셨으면 커피 한 잔이라도 할 걸 그랬어요! 같은 오아시스끼리 찰떡이었을 것 같은데.

솔　　하하. 다음에 꼭 소개해 드릴게요. 참, 제주도에서 선물 가져왔어요?

멍　　그럼요! 우리 마침 휴가 기간에 각자 제주도 가게 돼서, 만 원어치 선물 사다주기로 했잖아요. 근데 제 선물은 만 원이 조금 오바해서 넘은 금액만큼 떼어내고 딱 만 원어치 선물로 맞췄어요.

솔　　뭐야! 조금 치사한 구석이 있었네. 제 선물도 만원 조금 넘는데요?

멍　　기다려봐요. 보여줄게요.

　　지연님 답다라고 말한 지 몇 분도 되지 않아 또 내가 모르는 치사한 구석이 있었네? 라는 말을 뱉고 있었다. 지연은 가방에서 작은 일러스트 엽서북을 꺼냈다. 빽빽한 엽서북 맨 앞에는 몇 장이 비어 있었다. 정말 만 원어치만 남기고 본인이 몇 장 챙겼다니! 라고 생각하고 있는데 지연이 설명을 덧붙였다.

멍　　우리 초반 인터뷰에서 각자의 마음을 기차와 성에 비유했잖아요. 저는 어두운 터널을 달리는 기차, 다솔님은 방이 하나밖에 없는 성 같다고. 근데 제가 제주도 여행을 하면서 세계의 멋진 풍경들을 모아둔 엽서집을 발견했는데요. 이 엽서북 첫 장에 성 그림이 있고, 다음 장을 열어보니 기차 그림이 있는 거예요.

솔　　(!!!)

멍   성과 기차가 같이 들어가 있는 엽서북이라 다솔님이 생각났어요. 보자
       마자 바로 집어 들었어요.

솔   엄청난 우연인데요? 왠지 오늘 기분이 좋아져요. 딱 맞는 선물이에요!

   모카포트로 커피를 만들어 마시는 지연에게 나는 드립백을 주었고, 지연
은 나에게 성과 기차 그림이 맨 앞 장에 그려진 세계의 풍경들을 담은 엽서
북을 주었다. 지연과의 인터뷰를 잘 마칠 수 있을지 걱정했던 나는 오히려
인터뷰를 마칠 때쯤엔 무언가 나도 낯설게 느껴지는 감정들을 훌훌 털어내
고 홀가분한 발걸음으로 엄마가 기다리는 집에 돌아갔다.

   내일 일찍 공항으로 출발해야 하는 엄마가 먼저 잠든 사이, 지연이 제주
도에서 선물로 사 온 엽서북에 있는 풀밭 그림의 엽서 한 장을 뜯었다. 오늘
나는 엄마에게 어떤 친구였을까? 엄마에게 오아시스 친구가 필요하진 않았
을까? 어른들에게 붙임성 있게 말을 잘하는 지연이었다면, 엄마와 같은 퍼
스널 컬러의 오아시스 지연이었다면, 지연을 엄마와 카페에서 만나게 했더
라면, 엄마는 좀 더 마음을 이해받을 수 있었을까?

   여러모로 지연이 필요한 날이었다. 풀밭 그림의 엽서 뒷면에 지연에게 받
은 말들을 꼬박꼬박 적었고 잠든 엄마의 캐리어 깊숙한 안쪽에 숨겨두었다.

   엄마, 사람은 아침에 일어나 감정을 선택할 수 있대요.
   엄마가 내일 선택하는 감정은 설렘과 기쁨이었으면 좋겠어요.

지금, 이곳이 바다입니다

엉 쏨

다솔과 나는 약 일주일간의 텀을 두고 서로 다른 일정으로 홀로 제주에 다녀왔다. 나는 마케터로 일하면서 친환경 브랜드 개발에 도움이 될 만한 제주의 자연과 제품을 스터디 하기 위해, 다솔은 짧은 휴가를 내어 제주에서 글을 쓰고 바닷가를 달리며 심신을 단련했다. 우리는 각자 시간을 보내고 다시 서울에서 조우하기로 했다. 오늘은 바로 그날이다.

오후가 되어 다솔에게 급하게 카톡이 왔다.

"지연님, 미안한데 오늘 우리 집에 엄마가 잠깐 올라오셔서 묵게 되었어요. 그래서 인터뷰 시간을 조금 변경해야 할 것 같은데 어쩌죠?"

그렇게 우리는 오늘의 계획을 조금 늦추어 오후 늦게 용산역 〈타르틴〉 베이커리에서 만났다. 오늘의 다솔은 지난 2년 동안 내가 알고 지낸 다솔의 모습과 사뭇 달랐다. 우리가 만날 땐 늘 다솔이 내게 에너지를 주는 편이었다. 한 주간 있었던 이야기를 쏟아낼 땐 눈 맞춰 봐주고 머뭇거리며 꺼내기 어려운 이야기로 입을 열 땐 아늑한 웃음으로 "지연님" 하며 별말 없이, 그러나 내게 팔짱을 끼며 온기를 나눠주었던 다솔.

이야기를 들어보니 제주에 다녀오고 나서, 홀로 충전한 모든 에너지를 그가 맺은 관계에서 나눠주느라 방전이 된 듯했다. 2년 전 내가 독서모임에서 처음 다솔을 봤을 때, 다양하고 넓은 관계의 사람들과 오랜 시간 만남을 지향하는 사람으로 생각했던 일이 떠올라 피식 웃음이 났다. 왜냐하면, 인터뷰를 하며 알게 된 다솔은, 다양한 사람들과 만남을 주도하고 즐기지만, 그 안에서 제 중심을 지키는 좁은 문이 있는 사람이기 때문이다. 그 좁은 길을 통과해 문 앞에 선 이들에게 한없이 깊은 마음을 쏟아내는 일은 분명 큰 에너지가 필요한 일이기에, 한 주간 그의 삶에서 최선을 다한 것 같았다. 오늘은 다솔의 엄마에게 최선을 다하고 나를 만났다.

멍   다솔님, 우리 그럼 10문 10답 나눠볼까요?
솔   좋아요!

다솔은 내가 〈하루를 시작할 때, 옷을 고르면서 좋은 감정을 선택한다〉라고 답하자 동그란 눈으로 호기심 가득한 눈빛을 지었다. 그리고 이렇게 말했다.

솔   지연님! 저 지금 에너지 채워졌어요.
멍   진짜요? 다솔님은 다음 문장 어떻게 완성했어요? 〈정오가 되면,〉

솔 〈점심 먹고 아이스 아메리카노를 마실 생각에 설렌다〉

멍 하하. 아이스 아메리카노를 빨대로 쭉 빨아 먹고 있겠군요. 그럼 밤에는요? 〈잠을 자야 할 때는,〉

솔 〈4-7-8 호흡법을 한다!〉

멍 푸하하.

다솔은 어느 유튜브에서 본 이야기라며, 잠이 들고 싶을 땐 4초간 숨을 들이쉬고, 7초간 참고, 이내 8초간 천천히 뱉어내는 것을 반복하면 된다고 했다. 나는 실없이 그 문장을 듣고선, 이내 집에 돌아와 잠을 잘 땐 불을 끄고 되뇌었다.

4초, 7초(…!) 8초, 후. 다솔의 말은 내게 힘이 세다.

멍 〈나에게 유희는,〉 이거요? 이 질문에 대한 다솔님이 무척 궁금했어요.

솔 아, 이건 〈혼자 카페에서 시간 보내기이다〉라고 적었어요.

멍 우와, 역시 다솔님도 혼자 있는 시간이 꼭 필요하군요. 전 사람들과 함께하는 다솔이 유희로 나올까 싶기도 했거든요. 이 답변은 저랑 많이 비슷해요! 저는 〈나만의 속도로 사유하고 몰입하는 순간에 빛을 내는 것〉이라고 적었어요.

솔 맞아요. 예를 들면 저도 디제잉을 할 때 꼭 그런 것 같아요. 사람들 앞에서 공연하는 순간보다 오히려 디제잉 연습을 하는 순간 그 자체가 더 유희에 가깝거든요.

멍   그건 무슨 말이에요?

솔   아, 그러니까 무대를 꾸미고 공연을 할 때는 사람들 앞에서 잘해야
      하니까 떨리고 긴장되거든요. 근데 연습을 할 땐 몰입하는 것 자체의
      희열이 있는 것 같아요.

      음악을 무척 사랑하고 디제잉을 할 때 이렇게 즐거워도 되는가, 하고 답
을 했던 다솔스러운 답변이다.

솔   지연님 다음 질문은요? 〈내가 요즘 가장 만족했던 것은.〉

멍   이 질문에 대한 답은 두서없이 엄청 긴데요. 한 장면이 생각나서 그대
      로 적었어요. 〈엄마가 해준 주꾸미 볶음밥을 얻어먹고, 아빠가 설거지
      를 하고, 언니가 사 온 딸기를 먹고, 내가 빵을 구운 날이다〉 다솔님은
      뭐라고 적었어요?

솔   〈아이폰 12mini 사고 제주도 다녀온거지롱~〉

      아이폰 6s를 아직 쓰고 있는 나를 놀리는 것 같은 건 기분 탓이리라.

멍   우리가 각자 제주에 여행을 갔으니까, 여행에 대한 관점도 나누면 좋
      을 것 같았는데, 〈혼자 여행을 한다는 것은.〉 이건 어떻게 답했어요?

솔   〈나랑 친해지는 것이다〉 제가 혼자 여행을 하면 한 곳에서 서너 시간을
      쭉 있다가 오는 편이거든요? 친구들하고는 그렇게 못하는데 말이죠. 자
      유롭게 사색하는 시간을 갖다 보면 그렇게 시간이 흘러 있더라고요.

명 다솔님은 주말마다 새로운 곳 가보는 거 좋아하고 호기심도 많아서, 이런 여행 루틴이 있는 건 좀 낯설고 신기해요.

솔 제가 은근히 낯선 사람한테 말을 잘 안 걸고 여행지에서 새로운 사람을 만나서 사귀려고 하지도 않는 편이라 그런가 봐요. 일상에서 제가 맺고 있는 관계가 충분하니까요. 여행지에선 혼자만의 시간으로 충전을 한 다음 다시 일상에서 관계의 에너지를 사용하는 편인 것 같아요. 작년 겨울에도 제주에 혼자 다녀왔는데 하루에 딱 한마디 한 적도 있었어요. 본능적으로 외로울 때도 있지만 에너지 비축하는 시간으로 삼으면서 말을 아끼게 돼요.

명 어머나. 혼자 여행을 할 때 루틴은 우리가 완전히 다른 것 같아요. 너무 재밌네요! 전 오히려 혼자 여행할 때 낯선 사람 앞에서 말이 많아져요. 에어비엔비 사장님이랑 같이 밥 먹으면서 이야기하는 거 좋아하고요.

솔 정말요? 지연님은 뭐라고 적었는데요?

명 저는 〈혼자 여행을 한다는 것은, 진실을 구축하는 일이다〉라고 적었어요.

솔 그게 무슨 말이에요?

명 저는 지구가 퍼즐 같다고 생각하거든요. 퍼즐에는 조각이 엄청 많아서 그 조각들을 하나씩 채우면 하나의 그림이 완성되잖아요? 꼭 그것처럼 서로 다른 지역을 직접 보면서 느끼고 와야 세상의 일부를 진짜 이해하는 느낌이었어요. 그런데 지금 다솔님 이야기를 듣고 보니…

솔 왜요?

명 어쩌면 가장 소중한 세상은 이미 제 곁에 있는데 제가 이건 너무 작은 세상이라고. 그러니 나는 혼자서라도 다른 세상으로 꼭 가봐야겠다고 생각하며 살았던 건 아닐까 싶네요.

다솔은 다솔이 함께 속해있는 세상을 더 견고하게 만들기 위해 혼자만의 시공간을 켜켜이 쌓아왔다. 반대로 나는 함께 있는 시간이, 내가 사는 세상이 너무 작다고 여겨 혼자서라도 다른 세상으로 뛰어들었다.

독서모임에서 다솔을 처음 알게 되었을 때 나는 다솔이 이토록 단단한 코어를 가진 사람인지 알지 못했다. 혼자 여행지에 가서 하루에 한마디도 안할 수 있을 만큼. 인간의 본능적인 외로움 너머 함께 하는 이들에게 나눠줄 에너지를 비축하는 시간으로 하루에 한마디를 안 하기도 하는 것이다.

사람들 틈에서 왁자지껄한 다솔 뒤에는 고요한 다솔이, 빙그레 웃는 장난기 뒤에는 묵직하고 사려 깊은 다솔이 있다. 나는 다솔과 이야기를 마치고 집에 가는 길, 얼마 전 디즈니 픽사에서 개봉한 영화 〈소울〉이 생각났다.

어른들을 위한 애니메이션 〈소울〉의 주인공 Joe는 삶의 충만함이 야망을 성취할 때 느껴지는 희열이나, 거대한 인생 목표를 달성해야만 오는 것이 아님을 말한다.

극 중 내게 가장 인상적이었던 장면은, 소망했던 삶의 목표가 집착이 되어 괴물이 된 사람들에 대한 묘사였다. 무언가 좋아하는 마음이 깊어지면 잘하고 싶어지고, 그러다 보면 그 마음이 목표에 대한 성취로만 변질되기 쉽다. 여기서 문제는 목표를 달성하지 못했을 때인데, 유희를 잃고 좌절로만 가득해진 마음은 안타깝게도 삶에 집착을 주기 쉽다. 이상과 현실의 괴리에서, 지금의 기쁨과 감사를 누리지 못하고 꿈의 크기만 키우다 보면 괴물이 되고 마는 것이다. 그러니 결과보다 과정에서 먼저 충만한 기쁨을 누리자고, 그것을 결코 잊지 말자고 영화 〈소울〉이 나에게 말해주는 것 같았다.

다솔은 재즈 피아니스트가 되고 싶었던 Joe가 오랜 시간 꿈에 그렸던 무대를 마치고, 허무한 표정으로 재즈 바에서 나와 이야기 나눈 대목을 가장 좋아한다고 했다. 그 대목에서는 바다로 가기 위해 열심히 헤엄을 치던 어린 물고기가 나이 많은 물고기를 만난 이야기가 나온다. 어린 물고기가 바다를 찾고 있다고 물으니, 나이 많은 물고기가 이미 네가 있는 이곳이 바다라고 답했다는 대목. 열심히만 헤엄쳤던 어린 물고기는 그제야 깨닫게 된다. 아, 내가 그토록 갈망했던 바다가 이미 여기에 있었구나.

물고기 이야기를 해 주는 다솔을 보면서 나는 마음이 뭉클해졌다. 다솔은 모든 상황이 긍정적이고 늘 사람들과 함께해서 즐거운 것이 아니다. 다솔이 먼저 함께 있는 이들을 소중히 하고 매일의 행복을 스스로 디자인하기 때문에 기쁨을 누릴 수 있는 것이다. 그날의 나는 마치 열심히 헤엄을 치던 어린 물고기가 되어 나이가 많은 어른 물고기 다솔을 만난 기분이었다.

매주 인터뷰를 할 때마다 나는 다솔을 만나면서 느껴지는 행복감이 어디서

오는 것일지 자주 생각했다. 그리고 다솔이 만들어 내는 행복 안에 잠깐 들어가 숨을 쉬다 나왔다. 혼자 있을 땐 여기가 바다인지 몰랐는데, 다솔을 만나고 나면 오늘 내가 서 있던 그곳이 바다라는 사실을 잊지 않고 느끼곤 했다.

나는 그날 저녁, 주인공 Joe가 영화 속에서 맛있게 먹고 행복감을 가득 느꼈던 피자 한 판을 샀다. 가족 카톡 방에 "오늘 나랑 피자 먹을 사람~" 하고 카톡을 올리면서. 저녁 늦게 가족들과 나눠 먹었던 피자 한 판은 내게 온전한 감사와 행복을 주었다. 따뜻한 피자를 한 손에 번쩍 들고 나눠 먹는 기쁨이란.

다솔이 죽는 날 마지막으로 하고 싶다고 한 말처럼, 이 삶의 모든 순간을 소중히 살아가고 싶다.

"잘~ 놀다 갑니다!"

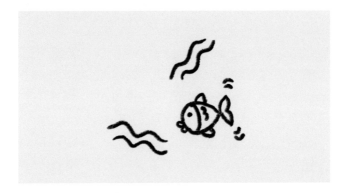

Chapter 9
기쁨이와 슬픔이

솔은 멍을 '훌륭한 슬픔이'로,
멍은 솔을 '잘 자란 기쁨이'로 부르곤 합니다.

기쁨과 슬픔에도 스승이 있다면

솔 씀

　퇴근 후 나의 집에서 지연과 인터뷰를 하는 날. 저녁 메뉴는 월남쌈이었다. 저녁을 준비하며 넷플릭스에서 〈효리네 민박〉을 틀었다. 지연은 봤던 드라마나 TV 프로그램을 다시 보는 것을 좋아한다. 지연네에 놀러 가면 드라마 〈괜찮아, 사랑이야〉나 〈하트시그널 시즌3〉를 마냥 틀어놓고 BGM 삼으며 다른 일을 하는 걸 좋아했다. 지연은 뜨겁고 나른한 여름엔 효리네 민박 아이유 편, 따뜻하고 푸근한 겨울엔 효리네 민박 윤아 편을 본다고 했다. 아직은 날이 쌀쌀하니 윤아 편을 틀어 박보검이 월남쌈을 싸 먹는 것을 보며 우리도 월남쌈을 싸 먹기로 했다. 따끈한 물에 적신 라이스페이퍼에 주황빛 당근과 빨간색 파프리카, 노란색 파인애플, 잘 삶아진 새우와 고기를 촘촘하게 넣고 칠리소스와 땅콩소스를 골고루 발랐다. 나는 칠리소스를 듬뿍, 지연은 땅콩소스를 아빠 숟갈로 듬뿍 떠서 넣었다.

　각자 취향을 담은 월남쌈을 싸 먹으며 지연이 가져온 에니어그램 테스트지를 하기로 했다. 에니어그램은 몇 가지 질문에 답을 하면 그 결과를 바탕으로 9개의 성격 유형으로 보여주는 테스트이다. 나와 지연은 인터뷰를 진행하면서 서로를 잘 알아야 한다는 생각에 인터넷에 떠도는 각종 테스트를 가져와 결과를 교환하곤 했다. MBTI부터 시작해서 퍼스널 컬러 테스트, 나의 성격을 나타내는 동물과 연예인 등 다양한 설문들을 나누었다. 오늘도 우리는 인터뷰를 하기 전 성격 테스트 등에 빗대어 서로를 탐구했고, 지연이 에니어그램 테스트지를 가져왔다.

멍　에니어그램 결과를 보니 다솔님은 8번 유형인 지도자형, 저는 6번 유형인 충성가형이 나왔어요. 지도자형은 '자신의 영향력 안에 있는 모든 것은 자신의 의지대로 해야 직성이 풀리는 사람'이고, 충성가형은 '자신이 속한 조직에 자신을 동일시하며 조직의 성장과 존폐에 자신의 인생을 거는 사람'이라고 되어 있네요.

솔　우리 둘이 되게 다르네요. 저는 이런 테스트만 하면 리더의 유형이 나와요. 현실에서는 쩌리인데…

멍　전 어렸을 땐 열정가 유형이었는데 회사에 소속되고 일을 시작하면서부터 조직에 충성을 다하는 충성가형이 나왔어요. 일을 하다 보면 성격이 바뀌기도 하는 거 같아요. 근데 저 다솔님 답변 중에 재미있게 본 게 있어요. '본인이 충분히 강하다고 생각하는가?'라는 질문에 '완전 그렇다'라고 답했네요.

솔　아, 그건 저만 그런 게 아니라 모든 인간은 강하다고 생각해요. 풀어서 말하면 '누구나 강해질 수 있다'인 거죠. 독서모임 때 읽은 심리 상담 입문 책인 〈제 마음도 괜찮아질까요?〉에서 보면 매일 지내는 '일상'을 잘 지내기 위해서 약을 먹는 사람들이 나오죠. 실제로 많은 사람이 그렇게 살아가고 있잖아요. 돈 문제, 일 문제, 연인 친구 가족 관계 등등. 우리가 사는 매일의 일상이 워낙 험난하고 멘탈을 갉아먹으니 약을 먹어요. 나만의 코어 정신을 갖고 일상을 살아내는 것만으로도 인간 모두가 기본적인 멘탈이 강인할 수밖에 없다고 생각해요. 매일 일상에 도전하고 극복하는 것. 그것의 다른 말이 '강하다'인 거죠.

명 전 다솔님하고는 반대로 인간은 약하다고 생각하거든요. 그래서 같은 항목에 '완전 아니오'라고 답했어요.

솔 지연님은 왜 인간이 약하다고 생각해요?

명 전 자신에게 엄격한 편이에요. 계속 끊임없이 무언가를 하고 있는데도 스스로 '더 해야 해'라고 다그치거든요. 근데 이 완벽주의가 저한테 그치지 않고 타인한테도 영향을 미쳐요.

어렸을 때부터 엄마는 엄마다워야 해, 아빠는 아빠다워야 해. 라는 생각을 하면서 자랐어요. 근데 부모님도 사람인지라, 부모답게 행동하지 않을 때도 있잖아요. 예를 들면 매일 성실하게 일하지 않을 수도 있고, 술을 마시고 좀 흐트러질 수도 있고. 근데 그런 부모의 모습을 보는 게 낯설고 두려웠어요. 그 모습들을 보면서 인간은 완벽하지 않구나, 인간은 장단점이 있구나, 인간은 약한 존재구나 라고 인식했거든요.

솔 태어나면 자연스럽게 갖게 되는 역할들에 대한 책임감이 있었네요.

명 네. 어렸을 때 제 역할은 공부를 잘하는 둘째 딸이었어요. 심리 상담을 받으면서 알게 된 사실인데요. 제가 학교에서 시험을 보고 문제 1개를 틀려서 95점을 받은 시험지를 들고 엄마한테 가요. 가서 "엄마! 나 1개

틀렸어!"라고 해요. 그럼 전 칭찬을 받을 거라 예상하죠. 근데 엄마는 "아쉽게 왜 1개를 틀렸니!"라고 하시는 거예요. 그럼 저는 틀린 1문제에 집중을 하고, 제 실수에 집중해요. 실수하기 싫은 마음에 걱정을 하고 그 걱정에 잠 못 이루고. 점점 저 자신에게 엄격해지는 거죠. 그게 반복되면 전 부모의 인정 없이는 스스로 자기를 인정할 수 없는 상태가 되어요. 부모의 실망에 대한 압박에서 벗어나기가 힘들어지죠.

솔   저한테도 비슷한 경험이 있어요. 역할에 대한 과도한 책임감이 있었 거든요. 제 주변 사람들 모두에게 좋은 사람이고 싶은 마음이 컸어요. 좋은 친구, 좋은 직장 동료, 좋은 딸, 좋은 연인. 이 역할들을 모두 다 잘하려다 보니까 정작 나한테는 좋은 내가 되지 않더라고요.

멍   나중에 돼서야 엄마한테 그때 나한테 왜 그랬느냐고 물어봤어요. 엄마는 네가 잘하는 걸 아니까 아쉬운 마음에 그런 말씀을 하셨대요. 실은 내가 그랬냐며, 기억도 잘 안 난다고 하셨어요. 인간은 누구나 단점이 있고 실수를 하잖아요. 인간이 강할 수 있는 순간은 아주 잠깐 좋은 환경이 뒤받쳐질 때만이겠구나 싶었어요.

태어날 때부터 개인에게 세상이 쥐여주는 많은 역할이 있다. 좋은 딸, 좋은 친구, 좋은 직장 동료, 좋은 선배이자 후배, 좋은 연인, 그리고 좋은 사람까지. 그중 하나만 잘하는 것도 훌륭한데 다 잘하려다 보면 나를 버려야 하는 순간들이 온다. 어떤 날은 마음이 다 닳아서 고갈됐는데도 웃는 척, 밝은 척하며 상대방을 배려하는 마음을 앞세운다. 그중 또 어떤 날은 앞세운 마음이 다시 나에게 돌아오기는커녕 상대방에게 전달조차 안 되는 날들도 있다. 그 많은 역할을 전부 잘 해내는 연기파 배우가 되는 날엔, 아마 배우를 접고 세상을 하산하면 될 것이다.

명 하나의 질문에 대해서도 다솔님은 '인간은 강하다' 저는 '인간은 약하다'라고 다르게 대답한 게 재밌어요. 우리 다른 설문 할 때도 다솔님은 낮과 밤 중에 낮, 태양과 달 중에 태양을 선택했잖아요. 저는 반대로 밤이랑 달을 선택했었는데. 같은 대상을 보면서 제가 어둠에 집중할 때 다솔님은 밝은 것에 집중한다고 생각했어요. 저 다솔님 만나고 나서 기쁨을 놓지 않는 연습을 하는 것 같아요.

솔 기쁨을 놓지 않는 연습이요?

명 네, 제가 독서모임 때부터 지켜봐 온 다솔님은 작은 일에도 리액션이 커요. 다솔님 저랑 우드카빙 할 때도 계속 잘 안 된다고 시무룩해 있다가, 아이스 아메리카노 한 잔 사 오시더니 엄청 행복해 보이더라고요.

독서모임 끝나고 지쳐있는 멤버들을 데리고 늦은 시간 뒤풀이를 데러가야 할 때도, '피곤하니까 얼른 마시고 들어가죠'가 아니라 '우리 기분도 좋은데 한잔하고 갈까요?'라고 말하는 사람이더라고요. 신기했어요. 지금 우리의 처한 상황에서 우리가 즐길 수 있는 걸 잘 찾아서 거기에 푹 빠져서 만끽하다가 나오는 사람. 뭐랄까 슬픔 안에서도 기쁨을 찾고 싶을 때 떠오르는 사람이에요.

솔 하하. 그랬나.

명 다솔님, 애니메이션 영화 〈인사이드 아웃〉 알아요? 그 영화에 나오는 다섯 가지 감정인 기쁨, 슬픔, 까칠, 분노, 걱정 중에서 다솔님은 '기쁨이(Joy)' 같아요. 다솔님을 옆에 두면 기쁜 것들에게 집중하고 싶어지거든요. 마치 기쁨의 씨앗 같아요.

솔 저도 그 영화 인생작으로 꼽아요. 근데 거기서 기쁨이 살짝 민폐 캐릭터이기도 해서… 그러고 보면 지연님한텐 다섯 가지의 감정 중에 '슬픔이(Sadness)'가 보여요. 타인이 슬픈 이야기를 할 때면 고개를 끄덕이고 깊게 공감해주고 가끔 눈물도 흘리잖아요.

인터뷰를 진행하며 나는 여러 번 지연의 눈물을 봤다. 처음 인터뷰를 한 날에도 결말이 뻔히 보이던 내 과거 연애사를 들으며 지연은 공감이 된다며 눈물을 훔쳤고, 지연과 관계에 대해 인터뷰를 한 날에 글을 보내주면, 파일을 열어보고는 '아, 나 왜 또 주책맞게 눈물 나'라는 답변을 보내오곤 했다. 또 다이나믹한 일상을 보내고 왔다는 지연을 만나 후기를 들으면 '저 그날도 펑펑 울었잖아요'라고 눈물 에피소드들을 공유해주곤 했다.

반대로 남 앞에서 울어 본 경험이 많지 않은 나는 '남들 앞에서 울지 않아. 남 앞에서 약해 보이는 건 싫어. 우는 건 원래 혼자 베개에 머리 박고 울어야 제맛이야'라는 허세가 있다. 그래서일까. 내가 이야기를 할 때면 고급 백화점에 있는 터치형 수도꼭지처럼 손만 갖다 대도 따뜻한 물이 터지는 지연의 눈물샘들을 보며 신기해했다.

에니어그램 8번 '지도자형' 성격처럼 '모든 것은 자신의 의지대로 해야 직성이 풀리는 사람'처럼 눈물마저 의지대로 조절하고 싶은 나와, 6번 '중성가형'처럼 '조직의 사람들을 나와 동일시하는 사람'처럼 지연은 공감 능력이 높은 사람이었다.

명   저도 〈인사이드 아웃〉 영화를 보면서 제가 슬픔이 같다고 생각했어요. 다양한 슬픔을 만나봐서인지 슬픔에 대한 공감이 잘 되어요. 어렸을 때부터 몸이 약해서 자주 아팠거든요. 아플 때 눈앞이 까마득해지면 죽음이 그리 멀리 있지 않겠다고 생각했어요. 고통이 더 크게 와닿았던 거 같아요. 원래 나이가 어릴 때 결혼식을 가고, 나이가 들면 장례식에 많이 간다고 하잖아요. 근데 전 어렸을 때부터 장례식에 갈 일이 잦았거든요. 근데 슬픔이 아직 오지도 않았는데 슬픔을 준비하지는 말아야 한다고 생각해요.

솔   슬픔이 안 왔는데 슬픔을 준비해요?

명   아직 일어나지 않은 일에 앞서서 미리 그 일을 걱정해요. 노파심 같은 거죠. 상대방이 잘되었으면 하는 마음에요. 예를 들면 어렸을 때의 저는 술을 정말 싫어해서, 제 연인이 술 마시는 것도 극도로 싫어했어요. 한 잔만 마셔도 알콜 중독이 될까 노심초사했죠. 한 잔만 마셔도 취하는 사람도 있으니까. 그 한 잔에 중독되면 어떡하냐는 걱정이었어요.

솔   세상에. 전 지금의 지연님을 만나 다행이에요.

명   이제 와서 생각해보면 저도 과거의 명지연이 참 어이가 없어요. 하하. 그 당시 연인이 너는 왜 나에게 위험도가 1 아니면 10인 양극단의 상황만 가지고 와서 잣대를 대느냐고 분노했었던 기억이 나요. 저의 걱정이 상대방에게 잔소리일 수도 있고, 듣기 어려운 얘기일 수 있다는 걸 나중에야 깨닫게 됐어요. 그때를 생각하면 아직도 상대에게 미안한 마음이 들어요.

솔 타인에게도 확실히 엄격했었네요.

멍 맞아요. 저와 가까운 관계일수록 엄격했던 거 같아요. 연인이나 부모님, 가까운 친구들한테요. 20대 후반이 되어서 심리 상담도 받아 보면서 '인간은 누구나 장단점이 있다'에서 '인간은 다 똑같구나'로 조금 발전했어요. 이제는 저와 다른, 제가 이해가 되지 않는 상황이 와도 '그럴 수도 있지'라는 문장 연습을 많이 하려고 해요.

솔 지연님 저를 옆에 두면서 기쁨을 놓지 않는 법을 배운다고 했잖아요. 전 반대로 요즘 지연님한테 슬픔을 배워요. 어둠에 집중하는 법도 배우는 것 같아요. 처음에 전 우리가 굉장히 다르다고 생각했는데 그게 저는 기쁨을 좇는 사람이고, 지연님은 슬픔을 위로하는 사람이었기 때문인 것 같아요.

멍 재밌네요. 기쁨이와 슬픔이네요, 우리.

'본인이 충분히 강하다고 생각하는가?'에 대한 대답이 다름을 보고, 서로가 각자 어둠과 빛에 집중하는 성향이라는 걸 알게 되었다.

영화 〈인사이드 아웃〉 속 캐릭터 슬픔이는 동료가 안타까운 일을 겪자 그의 이야기를 가만히 들어주며 옆에 앉아 동료와 함께 눈물을 흘려준다. 반대로 기쁨이는 슬퍼하는 동료 옆에서 파이팅 넘치는 목소리로 '얼른 그 감정은 잊고 앞으로 나아가자!' 외치며 손을 잡아끈다. 동료는 기쁨이와 슬픔이로부터 두 종류의 위로를 받지만, 기쁨이가 아무리 옆에서 촐싹거리며 위로해도 회복이 안 되던 마음을, 슬픔이의 진솔한 눈물로 위로받게 된다. 슬픈감정에 공감해주는 것만으로도 마음이 어느 정도 치유가 된 것이다.

나는 지연의 말처럼 기쁨에 집중하느라 슬픔이나 분노를 찬찬히 들여다보지 못하는 사람이었다. 나의 주변인들이 슬픈 일을 겪을 때면, 난 슬픔에오래 머물지 않고 기쁨에 집중해서 얼른 이겨내어 앞으로 나아가자고 말하길 좋아했다. 지연이 슬픔이라는 걸 알고 나니 나는 내가 얼마나 눈치 없는기쁨이었는지 깨달았다.

그동안 나는 내가 사랑하는 사람들의 슬픈 감정들을 외면하려고 했을까.내 앞에서 그들이 감정에 솔직한 걸 보고 나는 약하다고 자연스레 생각이가진 않았을까. 나는 슬픔이가 동료를 방해할 거라고 생각하며 최대한 따돌려 보려 했던 기쁨이와 닮았구나. 결정적인 순간 동료를 위로한 건 슬픔이의공감과 위로가 어린 눈물이었구나. 때로는 슬픔이 우리를 행복으로 데려다주기도 하는구나.

시간을 돌려 그때 나에게 고민을 털어놓던 사람들에게 다시 돌아갈 수 있다면, 그들의 슬픈 마음에 집중해서 위로해 줄 수 있을 텐데. 나도 너무 뒤늦게 깨달아 미안한 마음을 전하고 싶지만, 그중 몇몇과는 이제는 슬픈 감정을 공유하거나 고민을 털어놓지도 못할 사이가 되어버렸다.

슬픔에 머물러 있는 사람은 약한 게 아니라 자기의 감정을 씩씩하게 마주하는 중이다. 더 큰 행복을 위해 성장을 준비하며 강해지는 연습 중이다. 예전의 나는 슬픔에 머무르기 싫었던 게 아니라 그 감정이 익숙하지 않아 무서워 피하고 싶은 마음이었을지도 모르겠다. 앞서 난 지연의 눈물에 허세를 보였지만, 타인의 슬픈 마음에 공감을 못 하는 것만큼 나는 내 슬픈 감정에도 익숙지 않아서 남 앞에서 눈물 보이기를 어려워했던 건 아니었을까. 나의 마음도 궁금해졌다. 나는 지연에게 기쁨을 놓지 않는 법을 알려줬고, 지연은 나의 훌륭한 슬픔 선생이었다. 우리는 서로의 다름을 보며 배우고 있었다. 내 안에 희미했던 지연이라는 백지가 점점 색깔을 띤 색종이가 되어 가고 있었다.

슬픔이의 파트너

멍 쏨

솔 지연님! 혹시 이번 주 독서모임 책 다 읽었어요?

돌아오는 목요일은 우리가 처음 만나 서로를 알아보고 함께 글을 쓰는 인연이 되어 꾸준히 우정을 나누고 있는 독서모임의 마지막 날이다. 우리가 몸담은 독서모임은 시즌제로 운영되는데, 한 시즌은 4개월로 이루어져 있다. 이번 주는 그 네 번째 달의 마지막 모임인 것이다.

멍 아니요, 저 요즘 너무 바빠서 아직 못 읽었어요.
솔 그렇구나! 저도 이제 절반 읽었는데, 책에서 이 카툰을 보고 지연님이 많이 생각나서요.

다솔은 카톡으로 이번 달 모임 책인 〈제 마음도 괜찮아 질까요?〉의 한 귀퉁이를 보내왔다. 강현식 저 서늘한 여름밤 그림의 활자와 카툰이 절묘하게 어우러져 있는 이 책은 은주, 석영, 지선 세 명의 주인공이 심리 상담 센터를 찾아 자신을 치유하고 변화하는 이야기를 담고 있다.

다솔이 내게 보내준 카툰은 그림작가가 그린 열세 편의 카툰 중 하나로 두 사람이 마주 보고 의자에 앉아 눈물을 흘리는 장면이 그려져 있었다. 그리고 그 옆에 작은 글자로 이렇게 쓰여 있었다.

「처음 본 사람들끼리 서로의 이야기를 들으면서 울었다. 불쌍해서가 아니라 그 슬픔이 무엇인지 알기에.」

— 강현식, 서늘한 여름밤 <제 마음도 괜찮아 질까요?> 중

인터뷰를 진행해 온 반년간 다솔은 내게 줄곧 영화 <인사이드 아웃>의 슬픔이 같다는 이야기를 했다. 그리고 얼마 전엔 내게 이런 카톡을 보내오기도 했다.

솔   지연님! 저 뭔가 깨달았어요!

멍   (갑자기) 무엇이요?

솔   그게요! 제가 슬플 때 생각나는 사람하고 기쁠 때 생각나는 사람이
       좀 다른 것 같아요!

멍   그게 무슨 말이에요?

솔   아니, 그러니깐 제가 기쁨에 가까운 사람이라, 그 기쁨을 같이 나눌
       수 있는 기쁨이를 만나서 즐거운 시간을 보내는 것은 너무 좋은데…

이상하게 제가 기쁜 일 외에 우울하거나 힘든 이야기는 꺼내기는 어렵더라고요. 근데 생각해보니 제 인생의 한쪽에서 그런 대화가 가능했던 순간들을 생각해보면, 상대가 슬픔이었던 것 같아요.

멍   아하!

솔   슬픔이 앞에서는 저의 슬픔을 말하는 것이 자유로웠기 때문일까요? 그 사람이라면 잘 들어주었을 텐데, 하는 마음이 스치는 건 제 슬픔을 말해도 상대에게 안전하게 이해받고 있다는 느낌을 받았기 때문이겠죠?

멍   맞아요. 그랬을 것 같아요.

솔   그 당시에는 상대가 슬픔이면 저도 슬픔에 잠식될까 봐, 기쁨을 찾으러 그 세상 밖으로 나오고 싶어 했던 것 같은데요. 지금 와 생각해보니 기쁨도 슬픔도 장단이 있다는 걸 알게 된 것 같달까… 그래서 지금 조금 슬퍼진 기쁨이 상태임…

나는 다솔을 생각할 때 영화 〈인사이드 아웃〉의 또 다른 캐릭터 기쁨이가 자주 떠올랐다. 사람들과 함께 있을 때의 다솔은 정말로 그러하기 때문이다. 손이 닿는 곳에 즐거운 대화와 웃음이 피게 하는 사람. 그런 기쁨이에게도 사생활이 필요하다. 혼자 있을 땐 함께 나눌 수 있는 에너지를 채우기 위해 하루에 한마디를 안 하기도 한다. 그렇게 채워진 기쁨으로 다시 도시의 슬픔과 외로움 속에 선다. "슬픔이 오더라도 지금의 기쁨을 놓지 말아요" 하고 내게 이야기해 주면서.

다솔은 갑자기 슬픈 기쁨이 되어 주책맞게 조금 눈물이 흘렀다고 했다.

다솔과 내가 만나 인터뷰를 할 때 주로 나는 글썽이는 편이었고 다솔은 그런 나를 어이없어하는 편이었다. 그랬던 다솔이 그렁그렁한 상태를 생각하니 어쩐지 나도 같이 마음이 먹먹해졌다. 쉬이 울지 않는 이의 눈에서 나는 눈물은 내 것보다 농도가 진하다고 믿기 때문이다.

다솔은 자신의 눈물이 과거에 대한 반성에서 온 것이라고 했다. 슬픔에 대해 이야기하면 더 슬픔 속에 머물게 될까 봐 슬픈 이의 마음에 기쁨만 심어주고 싶어 했는데, 사실 슬픈 이와의 대화가 다솔에게 위로가 되어 지금의 잘 자란 기쁨이가 될 수 있었다는 사실을 알게 되었기 때문이다. 그리고 다솔은 이렇게 덧붙였다.

솔　　지연님은 훌륭한 슬픔이 같아요.

다솔은 인터뷰를 마칠 때 줄곧 '제가 지연님을 편안해하는 것 같아요. 지연님과 대화하는 시간이 좋아요' 하고 말했다. 그리고 정확히 같은 지점에서 나도 다솔과 대화하는 시간이 즐겁고 편안했다. 다솔과 나는 꽤 다른 사람인데, 우리는 기쁨이고 슬픔인데 어째서 서로가 서로를 편안해할 수 있을까?

어쩌면 그건 다솔이 기쁨이지만 슬픔을 이해하는 사람이고, 내가 슬픔이지만 기쁨을 연습하는 사람이라서인 것 같다. 1화의 서두에서 '사람과 사람 사이에선 슬픔을 나누어 약점이 되었고 기쁨을 나누어 질투가 되곤 했다'라고 적은 바 있다. 독서모임에서 다솔을 만나 매주 서로를 인터뷰하며 함께 책을 쓰기 전까지 나는 이 문장을 굳게 믿으며 살아왔다. 그런데 신기하게도 다솔과는 슬픔을 나누어 위로가 되었고 기쁨을 나누어 축복이 되었다.

다솔의 말처럼 내 삶에는 여러 슬픔이 있었다. 그 슬픔은 우정에 관한 것이기도 했고 사랑에 대한 일이기도 했다. 가족에 관한 것이기도 했고 연인에 대한 일이기도 했다. 안전에 관한 것이기도 했고 열망에 대한 일이기도 했다. 육체에 관한 것이기도 했고 정신에 대한 일이기도 했다. 현실에 관한 것이기도 했고 이상에 대한 일이기도 했다. 그리고 슬픔을 지나오던 스물넷에 나는 심리 상담을 처음 경험했다.

우리가 함께한 독서모임의 마지막 책으로 심리 상담에 대한 이야기를 읽게 되었을 때 많이 신기하고 놀라웠다. 왜냐하면, 몇 년 전 처음 독서모임을 경험했을 때 낯선 이들을 만나서 어디에서도 꺼내기 어려운 이야기를, 밀도 있게 듣고 말하는 방식이 상담과 참 비슷하다고 생각했기 때문이다. 하고 싶은 말도, 할 수 있는 말도 별로 없을 거라고 생각해 놓곤 어느새 말이 많아진 나 자신을 보고 놀라워했던 일. 그때 느꼈던 시원하고 머쓱했던 이상한 감정. 더 나아가 대화라는 안전한 방식으로 타인을 내 안에 들여놓고 자신을 객관적으로 바라보게 되었을 때의 해소감. 그 모든 과정을 통해 자기연민에서 건강한 이타심이 생겼던 그 고결한 기쁨까지.

마지막 독서모임에서 심리 상담 책을 토론하고 다솔은 우리가 나눈 대화 중 좋았던 문장들이 있다며 적어 둔 메모를 꺼내 보여주었다.

나를 인정하고 진실을 겸허하게 직시할 수 있는 것이 자존감이 높은 사람이다. (중략) 진실을 직시하는 것에 대한 태도가 두려움이 아니라 즐거움이면 좋겠다고 생각한다. 상처가 아니라 호기심을 가지고 진실에 가까워질 수 있을까?

– 다솔의 <파프리카> 독서모임 메모 중

솔　저는 이 문장이 우리가 함께한 독서모임과 닮아 있다고 생각했어요.
　　서로가 서로의 편견을 깨닫게 해 주는 거울 같은 모임을 만드는 게
　　<파프리카>의 미션 같았거든요.

멍　와, 너무 멋있다.

솔　제가 인정을 잘하는 사람을 멋있어하는데요, 마지막 모임을 하면서
　　자존감이 높은 사람이 인정을 잘하는 것 같다고 생각하게 되었어요.
　　<파프리카>에서는 참 많은 것을 배운 것 같아요.

멍　조금 더 구체적으로 말해 줄 수 있어요?

솔　저는 우리가 만난 독서모임에서 파트너 역할을 네다섯 시즌 이상 해
　　왔어요. 그래서 <파프리카> 모임에서도 파트너로 참여하게 되었을 땐,
　　어떤 사람을 만나도 잘 대처할 수 있다는 오만한 자신감이 있었어요.
　　그런데 막상 해보니 제 인생에서 처음 경험해보는 유형의 사람들이
　　많았어요. 4년 정도 같은 역할을 해본 경험이 있었는데도 말이죠.

　　좋다, 나쁘다의 개념이 아니라 제 바운더리 안에서는 만나볼 수 없었
　　던 분들을 많이 만났달까. 정말 넓은 스펙트럼으로. 그러니 자연스럽

게 저랑 많이 다른 사람도 있고 또 반대로 잘 맞는 사람도 있었겠죠? 그래서 제가 누구를 만나도 어렵지 않을 거라 믿었던 저 자신의 오만한 마음을 깨닫고 이 독서모임이 진짜 독서모임의 끝판왕이구나, 하고 생각했어요.

명   아, 그러니까 다양한 멤버분들의 스펙트럼이 다솔님에게 편견을 깨주는 거울이 된 거네요.

솔   맞아요. 그리고 자존감이 높은 사람일수록 편견을 깨고 인정할 수 있다고 믿게 되었고요.

다솔은 외향적인 리더형의 사람이다. 함께 에니어그램을 했던 날 나는 중성가형, 다솔은 지도자형이 나왔다. 독서모임을 여러 번 이끌어 본 파트너이자, 조직문화를 만드는 일을 업으로 삼는 사람에게 꼭 어울린다.

그런 다솔이 대처하기 어려운 사람들을 만나 그간의 리더십이 꼭 맞진 않더라고 느끼는 순간은 편안히 말해 '편견을 깬 순간'이지만 실은 '자괴감을 느끼는' 상태와 더 가까울 수 있다. 스스로 자신 있다고 여겼던 일 앞에서 오만한 마음이 깨졌던 순간을 말하는 다솔의 표정과 목소리에서 어른스러운 쌉쌀함이 느껴졌다.

편견을 깬다는 것은 쉬이 말할 수 있는 가벼운 문장이 아니다. 그것은 무겁고 어려운 일이다. 자기를 낮추고 타인을 더 들여다보는 일이기에 그 속엔 통증이 있다. 그리고 한 걸음 더 나아가 다솔의 말처럼 그것을 능동적으로 인정하는 것에는 큰 의미가 있다. 내가 몰랐던 나를 더 발견함으로 나를 객관화하고 그 과정의 통증을 즐거운 괴로움으로 인식할수록 더 나은 우리로 타인을 받아들일 수 있게 되니까.

다솔은 오래전 1화 인터뷰에서 편견을 깬다는 건 '내가 바뀔 수도 있다고 믿는 마음'이라고 정의한 적 있다. 반년의 시간이 흘러 편견을 깬다는 미션을 완수한 다솔. 다솔에게 〈파프리카〉는 그녀와 온전히 다른 사람들을 이해할 수 있게 된 시간이었으리라. 나는 자기의 모순을 찾아내 끝끝내 그걸 인정해보겠다고, 그래서 진실에 가까워지겠다고 하는 이들을 많이 애정하고 존경한다. 다솔은 내게 그런 애정과 존경이 짙은 사람이다.

Chapter 10
30대엔 탱크와 비행기로 싸울 거예요

솔과 멍은 새로운 세상으로 함께 나아 갑니다.

다솔님, 저 고백할 게 있어요

솔 씀

지연과 나는 〈트레바리〉라는 회사의 독서모임에서 처음 만났다. 내가 이 모임을 시작하게 된 건 2018년 5월이었다. 처음 트레바리 서비스를 접했을 당시 트레바리를 바라보는 나의 시선은 도대체 얼마나 큰 지적 허영심을 가진 사람들이길래 독서를 하고 모여서 토론을 하는 걸까라는 의심을 품고 있었다. 다만, 해보지 않고서 무작정 싫어하지 말자를 되새기며 도전하게 된 것이 트레바리와의 첫 만남이었다.

기대와 달리 첫 만남부터 나는 독서모임을 좋아하게 됐다. 트레바리 커뮤니티를 통해 다양한 분야의 멋진 사람들을 만날 수 있었고 (여기서 멋진 사람이란 나와 다른 의견에도 잘 설득 당할 수 있는 사람이다) 혼자 골랐다면 근처에도 못 가봤을 책들을 접하면서 관점을 넓히는 경험을 했다. 책을 통해 사이드 프로젝트, 글쓰기, 영화, 브랜딩, 과학, 경제, 심리학 등 다양한 분야의 공부를 했다. 3년 정도 독서모임을 할 즈음 세상에 대한 편견과 책 분야에 대한 경계가 없는 사람들이 모이는 〈파프리카〉 독서모임에 참여했고 그 모임에서 지연을 만났다.

　지연을 처음 만났을 때 지연은 용산의 한 아름다운 건물 대기업에 다니고 있었다. 치열한 취준 시절을 거쳐 공채로 입사해서 5년 차 마케터를 하고 있었다. 지연은 몇 개월 만에 쉬러 갈 때도 본인이 개발하는 제품을 공부할 수 있는 지역으로 휴가를 가곤 했고, 두꺼운 동글뱅이 안경을 끼고 야근을 하는 모습들을 지연의 브이로그에서도 몇 번 보였다. 나는 인생에서 워크앤라이프 밸런스는 지켜야 한다는 주의이지만, 일하는 '워크'모드에는 8시간 일하는 그곳에 애정을 담뿍 담아 일하는 사람이 좋다. 지연은 자기가 하는 일에 애정을 담고 있는 사람으로 보였다.

　처음 독서모임에서 지연이 책을 추천하는 유튜브를 운영하고 있다는 사실을 알았을 때 '의외네, 실은 조용한 관종인걸까'하고 생각했다. 대기업에 다니면서 텀블러에 차를 담아 마시고, 술과 커피를 조절해가며 마시고, 유튜브에 얼굴이 나오는 걸 두려워하지 않는. 독서모임에서 만나던 지연은 아마 내가 다 보지 못한 꽤 다양한 모습이 숨어있을 거라 생각했다. 지연과 여러 번의 인터뷰를 하며 나와 지연 모두 서로에게 조금은 막역한 사이로 발전했고 서로의 다른 모습도 재미있게 이해하고 받아들이게 될 때쯤이었던 것 같다. 지연은 대뜸 이렇게 말했다.

멍　　다솔님, 저 고백할 게 있어요.
솔　　(깜짝) 뭐예요?

멍   좀 정해지면 말하려고 했는데요.

솔   잠깐! 나 알 것 같아요. 설마 이직해요?

멍   아니. 어떻게 알았어요??

지연은 예상외 반응이라는 듯 또 긁적였다. 지연이 이직을 하게 될 거라 생각했던 적은 한 번도 없지만 '좀 정해지면 말하려고 했는데요'라는 말을 듣자마자 왠지 '이직'과 관련됐을 거라는 촉이 왔다.

솔   설마 이직하는 곳이…?

멍   맞아요. 트레바리로 이직해요!

솔   대박!

지연과 나를 만나게 해 준 그곳으로 지연은 이직하게 된 거다. 30대를 맞이하며 인생에서 큰 부분을 차지하는 직장의 이동을 앞두고 그녀 앞에 마주했을 그 숱한 고민을 감히 어떻게 다 헤아릴 수 있으랴. 지연의 말을 듣고는 축하하는 마음과 걱정하는 마음이 모두 들었지만, 그 고민의 밤들을 결국 견디어내고 결정을 내린 지연에게 일단 고생했다고 토닥여주고 싶었다. 무엇보다 우리가 처음 인터뷰를 하기로 했을 때 지연이 나에게 건네준 〈100일 글쓰기 프로젝트〉의 초고를 받아 읽었었는데, 그 문서 안에는 100일 동안 100권의 책을 읽고 독후감을 쓴 지연이 있었다. 그곳에는 책이라는 매체에 대한 커다란 존경이 담겨 있는 지연의 글이 있었다.

"글은 분명히 자신을 먼저 치유하게 합니다. 그리고 책은 한 사람의 인생을 바꿀 수도 있습니다. 때론 한 문장으로도 그것이 가능해질 수도 있다고 생각합니다. 꿈과 희망을 한순간에 얻을 순 없더라도, 활자로 그 시간을 켜켜이 쌓아가면서 부단히 이런 이야기를 전하고 싶었습니다"

– 지연의 <100일 글쓰기 프로젝트> 도입부 중

이직에 대한 티저만 들은 후 아직 확정된 것이 없어 다음에 자세한 이야기를 마저 나누기로 하고, 한 달간 나와 지연은 인터뷰 만남을 잠시 멈췄다. 그동안은 SNS를 통해 그녀의 소식을 쫓을 수 있었다. 그녀는 이제 떠나게 될 직장의 동료들과 지난 4년 반을 회상하게 되는 몇 장의 사진을 올렸고, 떠나는 마지막 날 사진 속 지연의 양손에는 꽃다발이 한가득 있었다. 꽃길만 걷길 바라는 지연을 위한 동료들의 선물이었다.

나도 몸담고 있던 곳에서 떠나는 동료들의 뒷모습을 여러 번 봐왔지만 어떤 사람의 떠나는 뒷모습은 유독 눈길이 가서 오래도록 머물게 되는 사람이 있다. 지연의 '퇴사'와 관련된 인스타그램 속 글 본문에는 아래와 같은 그녀의 소감이 있었다.

이직에 대한 언급을 처음 했을 때 부모님은 두렵고 불안해하셨다. 아버지는 어렵게 들어간 대기업을 서른한 살에 내 손으로 그만두냐며 걱정하셨다. 맞는 말씀이시다. 그런데 한 편으론 이런 생각이 들었다. 지금 내 눈앞에 어떤 문이 열렸는데, 그 문이 언뜻 좁아 보여서 그냥 지나치고 눈을 감는

다면 그 문 뒤에 있을 큰 세계는 언제쯤 볼 수 있는 걸까 하고. 어쩌면 10년 후 내가 소위 안정이라 부르는 익숙해진 것들 틈 사이에서 뉴스를 보면서 그 큰 세상에 발 딛지 못한 것을 후회하고 있진 않을까. 아 그때 해볼 걸 하고.

— @soulikeyou 지연의 인스타그램 피드 글 중

30대에 막 도착한 우리에게 처음으로 입사한 곳이자 20대의 절반인 약 5년의 시간을 보낸 첫 직장이 얼마나 의미가 큰지 알고 있다. 그런 곳을 과감하게 뒤로하고 새로운 곳으로 거취를 옮긴다는 것은 또 얼마나 용기 있는 행동인지도 알고 있다. 20대 동안 2년을 채우지 못한 채 회사를 3번이나 옮긴 나에겐, 그런 지연이 대단해 보였다.

지연이 가보지 않은 새로운 길을 가게 되었지만 나는 지연이 당연히 잘 해낼 거라 믿었다. 가보지 않은 길이 험할지라도 '오? 이건 예상 못 한 건데 재밌네?'라고 말할 수 있는 사람이기 때문이다. 그리고 한 달이 지나 지연이 첫 출근한 주 주말, 우리는 남산이 보이는 작은 카페에서 다시 만났다.

솔   첫 출근 소감 좀 얘기해봐요!

멍   제가 4년 6개월 동안 한 직장을 다녔잖아요. 경직된 조직에서 오래 있었어요. 이전에는 열 명의 팀원이 한 명의 팀장님에게 보고하는 1대 10의 관계에서 일을 했었다면 새 직장은 1 대 1 대 1의 관계로 일하더라고요. 청자와 화자가 구분되지 않는 관계인 거죠. 동료들의 성향이 저랑 비슷하면서도 다르기도 해서 이 조직 내 사람들하고의 협업이 기대돼요.

그녀가 이직한 곳에서 만난 새 동료들에게 보여주기 위해 작성한 '지연사용설명서'에는 이렇게 쓰여있었다.

memo

<자연사용설명서>

1. 저는 좋아하기로 한 걸, 계속 좋아하는 사람입니다.

2. 생각보다 노예 체질이고요.

3. 혼자 있는 시간이 필요하지만, 함께 만드는 결과에
   더 큰 기쁨을 느끼는 편입니다.

4. ENFJ였고 몇 년 전 INFJ로 돌아섰어요.

5. 넷 이상의 사람을 함께 만나면 말이 없어지고
   1:1로 사람을 만나면 오히려 TMI가 돼요.

6. 아날로그 감성을 많이 애정합니다.

7. 누군가가 저를 오해하면 바로 해명하려고 하지 않고
   그대로 두는 편입니다.

8. 시간이 지나면 서로가 서로를 알아본다고 생각해서요!
   다행히 지금까진 그래왔던 것 같습니다.

9. 두 번째 일어나는 일들을 조심하는 편입니다.

> 삼세번이란 말을 믿지 않아요! 한 번은 실수일 수 있는데,
> 두 번 일어난 일은 꼭 세 번 일어나더라고요.
> 10. 오랫동안 뭔가에 중독되는 것을 두려워했어요.
> 그런데 이제는 무너지기를 두려워하기보다, 무너져도
> 곧잘 일어날 수 있는 사람이 돼보기로 마음먹었습니다.
> 회복력을 키우는 중이거든요.

멍　다솔님, 저 퇴사하고 이직하는 3주라는 시간 동안 솔직히 되게 힘들었거든요? 근데 다솔님 생각하면 힘이 났어요.

솔　윽. 갑자기 또 고백하지 말아요.

멍　전 주위에 설득할 사람들이 참 많았어요. 다솔님은 제가 설득하지 않아도 되는 사람이라 힘이 됐어요. 그냥 믿어주잖아요.

전 맡은 역할과 일에 대한 책임감이 큰 사람이에요. 그래서 제가 어떤 중요한 선택을 할 때 몇 날 밤을 지새우며 고민을 하고 나서 결정을 하죠. 근데 그렇게 어렵게 다짐한 결정에 누가 반대한다는 말을 하면 불타고 있는 제 마음이 찬물을 끼얹는 것처럼 차게 식곤 했어요. 겨우 다짐했는데 또 주위 사람들을 설득하기 위해 말을 해야 하고. 그럼 그게 또 너무 견디기 어렵고. 그랬을 때 이겨내려면 내가 가진 어떤 책임감보다도 이 일을 선택해서 즐거운 점을 더 상상해야 하거든요? 그럴 땐 기쁨의 씨앗이 되는 사람들의 말이 있었어요. 이직한다

고 처음 이야기했을 때 축하해 주던 다솔님 장면이 떠올랐거든요.

솔 　이직을 결정하고는 주변 사람들에게 이런저런 얘기를 들었나 보네요.

멍 　네, 별 이야기를 많이 들었죠. 대기업 퇴사하고 스타트업으로 이직을
하니. 근데 그것도 재밌었어요. 회사 안에서도 반응도 너무 다르죠. 이
렇게 멋진 결정을 하다니 부럽다는 사람들도 있었는데, 이직하는 회사
의 서비스 자체를 이해하지 못하는 사람들도 있었어요. 설명을 해드
려도 "그래서 뭐 하는 회사인 거야?"라고 되묻기도 하고.

솔 　참, 사람들은 남 얘기에 관심이 많아! (삐죽)

멍 　그래도 그 과정에서 재미있는 일도 있었어요. 제가 마케터잖아요. 마
케터의 본질은 이 서비스를 모르는 사람에게도 잘 설명할 수 있는 사
람이어야 해요. 이직 소식을 전하는 와중에 주변 사람들에게 제가 이
직한 직장을 설명하는 과정을 거쳤어요. 그 과정을 거치면서 내가 그
곳을 어떻게 생각하는지, 그리고 내가 단 몇 문장으로도 그곳을 설명
할 수 있는 사람이고, 매력적으로 보이게 할 수 있는 사람인지. 그 서
비스를 판매할 수 있는 사람인지를 또 확인하는 과정이었죠.

　　5년 전쯤 잘하고 있던 프리랜서 일을 그만두고 4인 규모의 스타트업으
로 이직한다고 주변인들에게 말했을 때 '그래서 돈은 얼마 줄 수 있다는데?'
라는 질문을 받은 기억이 아직도 남아있다. 그땐 그 질문의 대답도 횡설수
설 뭉갰던 기억이 있는데, 상대방이 질문한 순간 그 의도를 파악하는 것만으
로도 상처를 받았기 때문이었다. 그런 경험을 준 질문은 두고두고 내 마음에

남아 나를 괴롭히고, 훗날 나의 중요한 결정들에 불쑥 영향을 미치기도 한다. 한 사람의 질문이지만, 모두가 나에게 그런 질문을 던지면 어떡하지? 와 같은 괜한 걱정을 하게 되기도 한다. 지연의 이직 소식을 들었을 때, 자연스레 나의 과거가 떠올라 그 과정에서 지연이 상처를 받진 않았을까 걱정했다. 근데도 또 나름 재미있었다고 말하는 지연의 모습이 대견했다. 계속되는 대화를 통해 그녀가 '마케터'라는 직업을 얼마나 사랑하는지, 본인의 성장을 얼마나 열망하는지도 알 수 있었다.

이제 지연은 균형을 유지하는 것을 중요하게 생각하면서도 더 이상 균형이 깨지는 것을 두려워하지 않는 법을 배운 듯했다. 균형을 잃고 무언가에 극단적으로 몰입하는 상황에 처해졌을 때도 다시 일상을 되찾는 회복력을 기른 듯 보였다.

지연이 새로운 문을 열고 내딛는, 두렵지만 설레어 보이는 그 걸음을 무진장 응원하고 싶다. 어떤 단어는 간단해도 그 힘이 아주 세다고 한다. 본인 마음을 알아감에 있어 부지런한 지연, 성공을 더 잘하기 위해서 지금의 상실을 사랑하는 지연, 마케터로서 성장하고 싶은 지연, 30년을 지내던 용산에서 벗어나 새로운 동네로의 독립을 하게 된 지연, 4년 반 다니던 안정적인 직장을 그만둔 용기를 가진 지연.

'지연'이라는 그 단어 자체로 힘이 세 보였다. 지연은 큰 힘을 가진 이야기들로 한 번도 열어보지 못한 문을 열어보는 용기 그리고 문 너머 돌부리에

걸려 넘어져 무릎에 상처가 나도 새살이 돋는 회복력을 마음속에 지닌 채
하루하루를 가득 차게 보내고 있었다.

서른은 어떤 마음으로 살아야 할까요?

엉 쏨

10개월 전 목도리를 꽁꽁 싸매고 손을 호호 불며 이태원 브런치 카페에서 다솔과 나는 인터뷰를 하기 위해 처음 만났다. 시간이 흘러 그 사이 일터와 집을 오가는 발걸음에 녹음이 피고 졌다. 변덕스러운 장마와 태풍이 몇 차례 심술을 부리더니 이젠 잔잔한 바람이 몸을 감싸고돈다.

다솔을 기다리다 보니 우리가 처음 만나서 이야기를 나눴던 순간이 생각났다. 그때 만난 다솔은 강한 사람처럼 보였다. 언제나 인간의 약함보다 강함을 믿고 슬픔보단 기쁨에 기대어 배시시 웃는, 보조개와 멀뚱멀뚱한 표정이 특징적이었던 사람. 그렇게 갑옷을 두르고 까슬하던 겨울을 지나오는 사이 마지막 인터뷰를 하기 위해 만난 다솔은 사뭇 다른 사람처럼 보였다. 꽃이 피고 나무가 울창한 봄, 여름의 다솔을 함께 지나왔지만, 오늘만큼 잔잔한 다솔을 만난 건 나에게도 조금은 어색한 일이다. 나는 그날의 진솔했던 다솔을 잊기 어렵다.

솔   지연님, 잘 지냈어요? 오늘이 진짜 마지막 인터뷰이네요.

멍   그러게 말이에요. 그간 우리… 정말 많은 일을 함께 겪어온 것 같아요.

솔   맞아요. 지연님은 우리가 만난 트레바리로 이직을 했고 저는…

멍   (다솔에게 시선이 머물다) 다솔님, 무슨 일 있었어요?

다솔은 평소의 말똥한 표정이 아닌 촉촉한 눈빛으로 배시시 웃었다.

솔   실은 제가 요즘 심리 상담을 받고 있어요.

다솔과 심리 상담. 쉬이 어울리지 않는 두 단어. 우리가 독서모임의 마지막 책으로 심리 상담에 대한 이야기를 나누었을 때까지만 하더라도 다솔은 상담을 받는 일에 전혀 관심이 없는 사람처럼 보였다. 도리어, 슬픈 일이 있을 때 친구들과 만나서 이야기하거나 글을 쓰며 풀어낼 수 있어서 상담이 딱히 필요치 않다고 하던 사람.

자신 또한 완벽하진 않지만 제 감정과 생각은 이겨낼 수 있을 정도의 강함을 믿고 그 의지로 세상을 열심히 살아가던 사람. 그랬던 다솔에게 상담이라니.

멍   와… 다솔님, 그동안 많은 변화가 있었네요.

솔   (머쓱해 하며) 맞아요. 예전에 제가 마지막 독서모임을 할 때, 엄마가 상담 받는 것을 본 적이 있다고 말한 거 기억나요? 그때 '나는 마음이 강한 사람이니까 필요 없어'라고 생각했다고…

멍 네. 기억해요.

솔 엄마가 상담을 받고 오던 날, 집에 와서 아빠를 붙잡고 펑펑 우는 장면을 봤어요. 엄마 아빠 사이에, 엄마와 상담 선생님 사이에 정확히 어떤 일들이 있었는지 다 묻진 않았지만, 그때 처음 상담은 '약한 사람이 받는 것'이라는 인식이 생겼던 것 같아요.

멍 엄마가 그렇게 우는 장면을 보는 거. 딸로서 너무 마음이 어려웠을 것 같아요.

솔 네, 정말 그랬어요.

멍 다솔님은 스스로 강하다고 생각한다고 했죠? 저는 여전히 마음이 무너지는 저를 만날 때마다 인간은 누구나 약하다고 생각해요. 인간이 '약하다'라는 표현은 좀 더 구체적인 말로 '누구나 약해지는 삶의 시기를 지나가야만 할 때가 있다'라고 생각한 달까… 삶이 참 여러 인생의 집합이라 내 맘처럼 안 될 때가 많잖아요.

솔 물론 마음처럼 안되는 날은 많지만, 그래도 인간은 진보해왔고 결국 다시 일어서니까. 어쩌면 제가 믿고 싶은 대로 '강하다'고 믿는 것일 수도 있지만요. (잠시 생각한다)

음… 근데 다시 생각해보니 제가 기쁨을 좇아서 살면서… 마음이 약해지고 슬퍼하는 저를 만나기 어려운 순간들을 모른 체한 적이 많았던 것 같긴 해요. 그때마다 '아니야 나는 강해', '나는 힘들지 않아'라고 나 자신에게 이야기했던 것 같아요. 누가 봐도 어려움이 있는 상황에서도 '도움을 요청하지 않아도 해낼 수 있어'라고 나를 몰아세우거나. 그런

일들이 오래 반복되었던 것 같아요. 그러다가 일이 터졌죠. (웃음)

멍   어떤 일이 있었는지 조금 더 자세히 이야기해 줄 수 있어요?

솔   최근에 회사에서 가장 믿고 의지했던 팀원이 갑자기 다른 팀으로 발령을 받게 된 일이 있었어요. 저를 뽑아주고, 일도 가르쳐주던 동료분이어서 정신적으로 많이 의지했는데 갑작스럽게 이별을 하게 된 거죠. 근데 그 모든 과정이 예고 없이 일어나니까… 제 인생 시나리오에 없던 일들이 불현듯 제 삶에 일어나는데 참 감당이 안 되더라고요. 그래도 괜찮을 거다, 시간이 지나면 또 자리가 잡히겠거니 하면서 넘기고 있었는데 갑자기 몸도 아프기 시작해서 이상하다고 생각했죠. 그때 우연히 심리 상담 프로그램을 알게 되었고요.

사실 저한테 상담이 꼭 필요한 건지는 잘 모르겠는데… 우리가 함께했던 마지막 독서모임에 대한 기억이 생각났어요. 지연님도 그때 상담을 받고 삶에 있었던 치유를 이야기해 주기도 했고요. 그래서 저도 밑져야 본전이지 하는 마음으로 신청해 봤어요.

멍   그랬군요. 어땠어요…?

솔   참 신기한 게, 제가 10개월 전만 하더라도 '상담은 나와 밀접한 일이 아니야'라고 굳게 믿었는데 막상 우연한 기회로 상담을 받아 보곤 저 자신에게 놀란 일들이 생겨났어요.

멍   (…!)

솔   음… 우선 좋아했던 동료와 헤어지는 일로 공허한 마음에 대해서 이야기를 해봐야겠다, 하고 큰 기대 없이 상담 선생님과 대화를 시작했는데요. (잠시 망설이다) 이야기를 하다가 저도 모르게 눈물이 났어요.

멍　(진심으로 놀라며) 다솔님이…?

솔　하하. 네. 울었어요. 그리곤 저도 저한테 너무 놀란 거 있죠.

멍　와, 정말 그랬겠다.

솔　네. 그리곤 인정하게 되었어요. 저, 괜찮다고 생각했는데. 그동안 안 괜찮았더라고요? 아, 내가 힘들었구나… 그걸 알게 되었어요. 그리곤 저는 동료와의 이별에 대해 이야기만 하러 갔던 건데 그 사건이 저에게 힘들었던 이유를 하나씩 풀어서 알게 되었고요.

　담담한 듯 말하지만 요동쳤던 지난날의 기억을, 다솔은 내 앞에서 찬찬히 풀어놓았다.

멍　그랬군요. 참… 상담은 묘한 매력이 있는 것 같아요. 다솔님 이야기를 듣다 보니 저도 처음 상담받던 날이 기억나네요. 우리 예전에 인터뷰했던 내용처럼, 그 당시 저는 의지했던 연인과의 연애가 끝나서 상담 센터를 찾아갔어요. 정신적으로 힘든 시기에 몸도 아팠고요.

　상담의 과정을 통해 연애를 시작하면 왜 아이처럼, 혼자서는 아무것도 하지 못하는 연애 패턴이 반복되었는지 알게 되었는데… 사실 저도 처음 상담 선생님과 이야기를 시작했을 땐 다솔님처럼 표면적인 문제만 이야기해야지, 했어요. '남자친구랑 헤어지고 너무 의지했던 사람이라 요즘 힘들다' 정도로요.

처음 보는 사람인데 너무 깊이 이야기를 할 필요는 없다고 생각했던 거죠. 일종의 경계심이랄까? 근데 웃긴 게 그렇게 혼자 다짐을 하고 나선 누가 시키지도 않았는데 10분 만에 눈물 콧물 흘리면서 상담 선생님께 별 이야길 다 하고 있더라고요.

솔   하하하.

멍   상담실이 주는 분위기, 상담 선생님이 건네는 시선과 말투, 무엇부터 문제인지는 잘 모르겠지만 어딘가에 털어놓고 싶었던 내 안의 답답함… 뭐 이런 것들이 그 순간 고여 있다가 터져 나왔던 것 같아요. 처음 물꼬를 튼 건 의지했던 연인과의 이별이지만, 그 이별이 제게 힘들었던 이유가 실타래처럼 엉키고 엉켜서 제 안 깊숙하게 있었던 거죠.

솔   맞아요. 저도 상담을 하면서 내가 그동안 많이 힘들었구나, 하고 스스로 인정을 하고 나선 좀 더 구체적으로 제 감정을 알아채게 된 것 같아요. 어떤 상황에서 나는 감당하기 어려운 마음이 드는 사람인지, 그때엔 앞으로 어떤 선택을 하면 조금은 더 건강하게 지낼 수 있는지 하나씩 풀어 놓을 수 있게 된 거죠.

멍   예를 들면요?

솔   애정하는 동료의 이별이 힘들었던 경험을 조금 더 조망해 보니깐, 제가 일의 세계에서 좋아하는 사람은 어떤 사람인지, 반대로 싫어하는 사람은 어떤 사람인지를 알게 되었어요. 그 좋고 싫음을 따라가면서 제 안의 저를 깊이 발견하게 된 것 같고요.

멍   그렇구나.

솔   기억을 더듬어보니 제가 일할 때 방어적인 사람하고 같이 업무하는 걸 어려워했어요. 뭐랄까… 저는 회사에서 업무를 받으면 그걸 못한다, 안 한다고 하는 게 힘들거든요? 그게 꼭 제가 능력이 없다고 인정하는 것 같아서요. 그래서 힘들어도 우선 오는 일을 다 받고 팀원으로서 제 역할을 하려고 하는데 누군가 이 업무는 못 맡겠다고 말하기 시작하면 불편한 마음이 들었어요. '누구는 안 힘든가'하는 속마음이 스멀스멀 드는 거죠. 근데 그럼 저도 힘들다고 같이 징징거릴 수도 있는 건데… 저는 그렇다고 '저도 못 해요'하고 말하고 싶진 않은 이중적인 불편함이 있었던 거예요. (웃음)

그런 이중적인 저를 상담하면서 깊이 만나고 나선 이전에 못 했던 생각을 하게 되었어요.

멍 어떤 생각이에요?

솔 예전에는 '저, 이 일은 못 해요' 하는 사람을 보면 마음 깊이 미운 마음이 드는 데서 그쳤는데, 이제 오히려 그 사람을 이해하게 되었어요. 그런 동료의 업무 방식을 배우게 되기도 했고요.

멍 와, 어떤 맥락에서요?

솔 곰곰이 생각해보니, 제가 겪은 동료는 '저, 이 일은 못 해요'하는 말이 '저, 제가 맡을 일을 먼저 잘 해내야 해서, 이 일은 더 맡을 수 없어요'의 맥락이 있더라고요.

멍 아하…!

솔 그 동료가 맡은 일의 영역 안에서는 너무나도 꼼꼼하고 완벽하게 그 일을 해낸다는 사실을 알게 된 거죠. 그리곤 저도 어려운 일을 맞이하면 이중적인 감정으로 저를 속이지 않고 도움을 요청하게 되었어요. 그동안은 스스로 능력이 없다고 생각하게 되는 마음이 싫어서 힘든 일도 씩씩하게 혼자 해결하려고 했는데요. 상담을 받았던 기억이 있어서인지 언젠가 동료들과 회의를 하는데, 저도 모르게 "이 업무 제가 혼자 다 하기 힘들어요, 제 업무도 도와주세요" 하고 이야기를 한 거 있죠. 저 자신도 깜짝 놀랐고요. (웃음)

명　와아. 정말 큰 변화였네요.

솔　그 당시에 되게 용기 내서 말한 거였는데 그때 동료들이 저에게 그러는 거예요. 지금 하는 일, 혼자 감당하기 힘든 게 당연한 프로젝트라고. 근데도 그렇게 해내고 있었던 거 너무 대견하다고요. 그러면서,

명　그러면서…!

솔　내가 도와주겠다고. 도와달라고 말해줘서 고맙다고 말씀해 주셨어요.

명　와… 다솔님! 너무 칭찬해 주고 싶어요. 도움을 요청한 일, 정말 잘한 거라고.

인간은 강하다고. 그러니 나도 강하다고. 약함을 인정하는 건 나의 무능력함을 인정하는 일이라고. 그러니 나는 약해지지 않고 혼자서도 잘 해낼 수 있다고. 그렇게 믿고 되새겨온 다솔의 30년 치 인생에 지각변동이 일어나는 순간이다. 그러나 이 순간은 너무나 깊고 단단하게, 그로서 용기 있게 반짝이는 시간이다.

명　다솔님 제가 예전에 김이나 작가님의 〈보통의 언어들〉이라는 책에서

이 문단이 인상 깊었다고 한 것 기억나요?

「겁이 많은 사람을 좋아한다. 이는 '겁이 많은 자들이 섬세할 것이다'와 같은 이유 때문은 아니다. 결국 겁이 많은 자들이 강하기 때문이다. (중략) 겁이 많다는 건 단순히 벌레나 귀신을 무서워하는 그런 것만의 이야기가 아니다. 겁이 많은 자들은 지켜야 하는 것들의 가치를 아는 자들이다. 또 자신과 얽힌 사람들에 대한 책임감, 일에 대한 신중함이 있는 자들이다. (중략) '겁이 없음'을 매력적으로 휘두르지 않는 그들은, 결과적으로 늘 강했다.」
– 김이나 <보통의 언어들> 중

멍　이걸 조금 재해석해 보자면요, 저는 오늘 다솔님과 대화하면서 약함을 인정하는 사람이 결과적으로 진짜 강한 사람인 것 같다는 생각을 했어요. 약함을 인정한다는 건 무능력하다는 이야기가 아니라 세상만사를 나 혼자 해결할 수 없다는 걸 아는 것, 누구나 도와주고 도움받는 위치에 서게 되는 순간이 있단 걸 아는 것. 그로 인해 나를 갉아먹지 않는 선택을 할 수 있는 사람, 동시에 타인이 도움을 원할 때 모른 체하지 않을 수 있는 사람. 자기의 강함으로 타인을 쉽게 판단하고 무시하는 사람이 아닐 수 있는 거죠. 그러니까…

결과적으로 진짜 강한 사람. 다솔님.

다솔은 여기까지 인터뷰를 마치고 내게 말했다. 나와 만나 인터뷰를 한 10개월의 시간이 꼭 상담하는 것과 비슷한 느낌이 있었다고. 그래서 심리 상담을 처음 경험했을 때 많이 어색하진 않았던 것 같다고. 그리고 이렇게 덧붙였다.

솔　그리고 사실 제가 처음에는 일에 대해 상담만 하려고 했는데요, 회차 가 거듭되면서 대화가 깊어지다 보니 자연스럽게 다른 관계에 대해 이야기도 하게 되더라고요.

멍　그랬군요. (웃음) 너무 공감돼요.

　나도 그랬다. 연애 문제를 해결하고 싶어서 상담 센터에 찾아갔는데, 결국엔 이 사건·사고들을 해결하려면 폭풍의 눈으로 들어가야 하는구나, 하고. 거기엔 나의 가족 같은 가장 깊고 그래서 상처 주기 쉬운 유약하고 소중한 관계가 있었다.

솔　제가 연애나 우정에 대해 이야기를 할 생각은 없었는데⋯ 일터에서 업무를 하는 방식이나 동료와의 스트레스 상황을 되새겨보니 더 가까운 관계에서 있었던 일들에도 적용해 볼 부분을 찾아내게 되었어요.

멍　예를 들면요?

솔　제가 친구와 다투는 일이 생겼던 적이 있는데, 그때 친구가 저에게 "암튼, 서운하게 했으면 미안해"라고 사과를 했어요. 근데 저는 그 말 이 너무 불만이었어요.

멍   왜요?

솔   친구가 한 말의 의미는, 서운하게 해서 '미안하다' 인데 저는 '암튼'에
      방점이 찍혔던 거죠. 그래서 다 이해가 되지 않았으면서 아무튼 그 이
      야기는 잘 모르겠지만, 하고 덮어두고 다음 스테이지로 넘어가려는 느
      낌이 들었거든요.

멍   아하.

솔   그런데 상담 선생님이 이렇게 물으셨어요. '아무튼'이라는 단어는 '이
      상황을 다 이해하지 못해도'로 풀어쓸 수 있는 것 같은데, 만약 다솔
      님에게 "이 상황을 다 이해하지 못해도 일단 너에게 사과하고 싶다"
      라고 말하면 기분이 어때요? 하고요.
      선생님에게 그 문장을 듣는데 친구가 제 감정을 가장 우선순위에 두
      고, 상황을 다 이해하지 못해도 '너의 감정을 상하게 한 것이 미안하
      다'라고 말하는 거라는 생각이 들었어요. 그게 친구의 진짜 의도였구
      나, 하고요.

멍   다솔님은 참… 참, 현명해요!

솔   하하. 저는 여전히 제가 좋긴 하지만 조금씩 고치고 싶은 부분들을 상
      담하면서 찾은 느낌이에요. 일의 세계에선 때론 도움을 요청하는 것
      이 더 완성도 있게 팀의 성과를 낼 방법이라는 것을 배웠고 제게 소
      중한 관계들에 있어선 상대의 의도를 해석하는 법을 알게 된 것 같아
      요. 저를 더 좋아할 수 있게 됐어요.

멍   (빙그레)

솔   예전에는 '상담, 저걸 도대체 왜 받지? 나는 효연이, 원석이랑 이야기

하면 다 풀리는데'하고 생각했는데. 경험해보니 저를 더 건강하게 지탱할 수 있는 또 하나의 좋은 무기를 얻게 된 느낌이랄까요?

또래집단 안에서는 아무리 친밀도가 높아도 일터에서 있었던 일을 깊게 이해받긴 어려울 수 있잖아요. 근데 상담은 여러 꼭지에서 대화가 가능하더라고요. 사람은 역시 뭐든 직접 경험해봐야…

멍　푸하하.

솔　아마 더 나이 들어서 상담을 경험해 봤으면 좀 후회했을 것 같아요.

　　요즘 "암튼, 서운하게 했으면 미안해"를 빌어서 연습하고 있는 게 있는데요. 상대의 의도를 의심하지 말자, 예요. 제가 처음에 지연님이 인터뷰하자고 했을 때도 지연님의 의도가 뭔지 좀 의심했는데. 혹시 기억나요?

멍　하하. 알죠. 저를 묘하다는 표정으로 보면서 '이 사람 왜 갑자기 이걸 나랑 인터뷰하자고 하는 거지' 하고 눈에서 레이저 나오던데!

솔　깔깔. 제가 누군가 선의로 베푼 일도 의심을 하는 편이었어요. 분위기를 보고 저 편한 대로 해석한 경우가 많았던 거죠. 이 사람은 이래서 이렇게 할 거야, 하고요. 근데 이제는…

　　있는 말 그대로, 상대가 믿음을 주는 그대로, 정말로 그렇게 믿고 싶어요.

멍　다솔님은 참 건강해요. 건강한 마음이 있는 사람.

　다솔은 인터뷰를 마치며 말했다. 마지막 상담 일에 선생님이 자신에게 긩

장히 빠르게 상담 내용을 받아들이고 삶에 적용하는 것 같아서 보기 좋다는 말씀을 해 주셨다고. 그리고 이렇게 물으셨다고 한다.

"다솔님, 제가 처음 상담을 시작할 때, 상담을 통해 무엇을 얻고 싶냐고 물었어요. 그때 다솔님이 저에게 했던 말, 혹시 기억나요?"

그리고 다솔은 이렇게 되물었다고 했다.
"어머, 저 뭐라고 했어요, 선생님…? (언성 높이며) 저 또 강해지고 싶다고 했죠?!"

그리곤 선생님은 웃으며 이렇게 답했다고 한다.
"하하. 아니요, 다솔님. 다솔님은 이렇게 이야기했어요"

"선생님, 상담을 받고 저의 약함을 인정하고 싶어요" 라고요.
…

10개월의 인터뷰 대장정은 이렇게 끝이 났다. 마치 진한 상담을 하는 과정처럼. 다솔과 상담 인터뷰를 마무리하고, 나는 7년 전 스물넷에 써두었던 나의 상담일지를 아주 조심스레 꺼내 보았다. 그간 자신이 없어서 쉬이 열지 못했던 판도라의 상자를.

8회차의 마지막 상담이 끝났던 날, 나는 〈고통의 끝을 지나〉라는 제목으로 이런 글을 남겨두었다.

고통의 끝을 지나,

행복의 문턱에서

희망의 문턱에서

내 삶을 본다.

좋은 선생님을 만나 우리의 상담은 시작되었다.

내 삶의 아픔을 수면 위로 끄집어내는 과정,

상처를 내 두 눈으로 직면하는 과정,

그리고 자기 애도를 통해 내 아픔을

다른 사람이 아닌, 내가 위로하는 과정.

쉽지 않았다.

한 사람을 살리는 일이니까. 상담은.

그런데 참 신가하게도

무너졌던 내 삶에 회복이 왔다.

그렇게 조금씩 밝은 빛이 들었다.

목표를 잃은 나,

이별을 또다시 경험한 나,

혼자서는 감정을 해결하는 방법을 모르는 나,

몸까지 아파서 아무것도 할 수 없고 무기력했던 나.

내 삶이, 다시 '살아지는' 것을 보면서.

아직도 여전히 부족하고 온전하지 않아

그 길을 맘 아프게 걷고 있지만

그럼에도 '걸어지는' 것을 보면서.

미워하고 부끄러워했던 나의 자아를

어른이 된 내가, 이제는 '사랑하는' 것을 보면서.

내가 참 좋아졌다.

나란 사람을 가슴 깊이 사랑하게 되었다.

그리고 그 사랑으로 엄마를 마음 깊이,

정말로, 사랑하게 되었다.

그리고 아빠를 진심으로 이해하게 되었다.

20대에 무엇을 이루려고 애쓰지 않고 행복을 좇아,

가슴이 시키는 일을 하다 보면

어느새 그 꿈에 가까워 있을 거 같았다.

그렇게 다시 목표를 발견했다. 새로운 꿈을 꾸게 되었다.

이전보다 더 명확하고, 진지하고, 책임감 있게.

그래서 나는 지금.

행복하다.

내가 가진 것, 변함없고

당장 일자리를 구해서 학비도 벌어야 하고

내 몸은 아직도 여전히 아프지만

나는

행복하다고 말할 수 있어서

그런 내가, 참 기특하고 좋다.

- 스물넷의 <상담일지> 중

7년 전의 나는 유약한 사람이었다. 이유를 알 수 없는 호흡곤란과 어깨의 마비 증상으로 숨을 쉬는 것 자체가 도전이었던 날들. 그런 나를 많이 보듬어주었던 이와 별수 없이 이별해야만 했던 날들. 부모님의 기대에 부응하는 것이 삶의 우선순위에 있어 나를 멈추는 법을 몰랐던 날들. 그리고 무기력이란 감정에 짓눌려 방향을 잃었던 날들… 그러나 나를 있는 그대로 인정하기 시작하면서 변화가 찾아왔다. 상황이 변해서가 아니라 내가 변화되면서 걸어온 시간으로 오늘이 되었다.

　서른은 어떤 마음으로 살아야 할까. 얼마나 더 어른이 되면 나는 연애를 다시 시작해 볼 수 있을까. 어떻게 하면 일과 사랑을 함께 지켜낼 수 있을까. 어떻게 하면 곁에 남은 소중한 이들에게 약할 때 강함이 되는 그릇이 되어줄 수 있을까. 아마 그 답은 혼자 애쓰지 않는 것에 있지 않을까 싶다. 우린, 혼자서도 씩씩하게 걸을 수 있지만 둘이 걷는 기쁨을 잊지 않고 서로의 눈물을 닦아주면서 함께 걸어 볼 수 있지 않을까 하고.

　우리는 이제 탱크와 비행기를 타고 세상으로 간다. 여전히 깜깜한 어둠이 예고 없이 들이치는 밤은 불안하고 맘을 졸이게 하지만, 함께 단단히 버티어 서서 다가올 화창한 낮의 기쁨을 잊지 않고 나눌 것이다. 다솔에게 이렇게 이야기해 주면서.

　'행복, 늦게 찾아도 됨'

멍 단편 에세이 〈회색이 좋은 우리의 30대〉

사과를 보면 빨갛다, 바나나를 보면 노랗다고 한다. 여름 하늘을 보면 푸르다고 기분이 맑아지고 노을 지는 한강을 보면 보랏빛 물결이 낭만을 머금는다.

색깔 : [명사] 물체가 빛을 받을 때 빛의 파장에 따라 그 거죽에 나타나는 특유한 빛.[1]

오래전 미술사의 사조를 뒤흔든 '인상주의'는 명암의 원근과 이상적인 균형미를 뒤흔들며 새로운 시대를 열었다고 한다. 찰나의 순간으로 잡아내지 못한 색채를 어떤 화가들은 영원으로 캔버스에 그려냈기 때문이다. 캔버스에 빨강과 노랑, 주황과 그을린 갈색을 섞어 잘 익은 사과를 창조해 온 고전주의 사조의 긴 역사를 뒤집고 한 손으로 사과를 빙빙 돌리며 부분적인 순간의 빛을 그대로 담아낸 것이다. 가장 쨍하게 그을린 곳은 빨강으로, 조금 덜익은 곳은 노랑으로. 푹 익어 갈변이 일어날 것 같은 한편은 그저 그을린 갈색으로.

---

1 출처 : 네이버 국어사전 정의

우리는 고등학생이었다. 그 당시 베스트셀러 〈달콤한 나의 도시〉가 드라마로 각본 되어 브라운관에 비치던 중이었다. 서른한 살 싱글인 은수는 결혼에는 관심 없는 대한민국 직장인이다. 영화 〈달콤 살벌한 연인〉에서 대사와 연기가 완벽한 호흡을 이루었던 배우 최강희가 주연을 맡은 것부터 기대가 큰 작품이었다. 여기에 귀여운 연하남은 지현우가, 그 반대편에서 대한민국 여심 저격 목소리를 소유한 이선균이 연상남으로 균형 있게 배역을 맡았다. 서른 즘음 현대인의 일과 사랑에 대한 고민과 현실을 담은 리얼한 대화들, 그리고 보통의 서른한 살 여자를 표방하는 은수에게 열여덟의 우리는 무엇을 안다고 몰입되어 있었던 걸까.

　배우 최강희는 자신이 맡은 은수에 대해 이렇게 묘사했다. "물로 치면 맹물, 색깔로 치면 회색, 차선으로 치면 중앙선, 딱 평범하게 살아가는 서른한 살 보통 여자다" 고등학교 시기를 가장 친하게 보냈던 내 친구는 졸업하고 가족과 함께 캐나다에 이민을 가게 되었다. 펑펑 울며 헤어지던 날, 우리가 나눴던 말들의 한편에 친구가 그런 이야길 했었다. "난 은수처럼 회색이니까. 진짜 잘할 수 있을지 모르겠어. 외국인들 사이에서 영어도 배우고, 대학교 원서도 넣어야 하고"

그리고 10여 년이 흘러 우리는 진짜 서른한 살이 되었다. 새해를 맞이했던 기억을 되새겨보면 아홉에서 서른으로 숫자가 달라지던 날보다 서른에서 하나, 둘하고 훅 훅 카운팅이 들어가기 시작하면서 진짜 서른 같았다. 서른하나의 나는 이제 은수와 동갑내기 친구가 되었다. 어릴 땐 곧 죽어도 나이 차가 많이 나는 듬직한 사람을 만나고 싶어 했던 나는, 요즘 친구들을 만날 때마다 "나 이제 연하 만날 거다. 진짜다~" 하고 너스레를 떤다. 그러니까 이젠 마음이 통하고 같이 나이 들어가는 동지라면 20대든 30대든 그것이 무엇이 중요하리, 하고 사람을 만나는 것에 대한 스펙트럼이 넓어진 것이다. 은수처럼.

또, 나는 마지막 연애가 끝날 때 결혼이 무척 하고 싶었다. 그리고 지금은 결혼에 관심이 무지하다. 철저히 비혼으로 돌아섰다기보다, 결혼하고 싶었던 마음의 원형에 나 스스로 이기기 어려운 감정과 사건을 '당신'이라는 프리즘을 통해 굴절시키고 싶었던 마음을 알게 되었기 때문이다. 누구를 만나 기쁨을 배로 나누고 슬픔의 무게를 나누어 지어주고 싶을 때 결혼을 하고 싶었으면 해서, 지금은 해결되지 않은 내가 없을 때 건강하게 상대를 만나고 싶단 생각을 한다. 그때가 되면 우린 결혼을 하고 싶을까?

캐나다에 이민을 갔던 친구는 걱정과 달리 영어를 배우고, 대학을 졸업했으며, 직장을 구했고, 멋있는 남자친구를 만나 연애를 하고 결혼을 했다. 그리고 작년에는 아이를 낳았다. 랜선이모가 된 나는 친구의 아이와 가정을 보며 대리 행복을 느낀다.

회색 : [명사] 재의 빛깔과 같이 잿빛을 띤 흰 빛깔을 회백색(灰白色) 또는 농회색(濃灰色), 짙고 검은 회색을 암회색(暗灰色), 잿빛 바탕에 다소 청색기가 있을 때는 회청색(灰靑色)이라 한다. [2]

세상에. 누가 회색을 희미한 색으로 정의한 걸까. 이토록 복잡하고 다채롭고 아름다운 흰색과 검은색을 말이다.

---

2 출처 : 네이버 국어사전 정의

남몰래 후기

멍 쏨

다솔에게 함께 글을 써보는 것이 어떨지 떨리는 마음으로 물었던 날을 기억합니다. 반년 전 다솔과 저는 지금만큼 깊은 유대가 없던 사이였습니다. 늘 행복해 보이고 사람들 틈에서 왁자지껄한 모습이었던 다솔이 재미있다고 느꼈지만, 저와는 많이 다른 사람 같아 보이기도 했습니다. 그런 다솔과 글을 쓰고 싶단 마음이 들었던 것은 함께 에세이를 썼던 모임 때문이었습니다. 독서모임에서 만난 분들과는 '번개'라는 귀여운 이름으로 둘, 셋이 모여 좋은 시간을 갖곤 했는데요, 저는 이미 맺고 있는 관계 안에서도 버거울 때가 많아 새로운 사람을 알아 가는 일에 큰 유희가 없었습니다. 그러다 보니 독서모임의 대화는 좋아하면서도 사적 모임은 즐겨 가지 않곤 했습니다. 또 낯선 사람들과 어울리며 술 마시는 일에 흥미가 없다 보니 '번개'라는 귀여운 이름도 조금은 폭력적으로 느껴지던 순간도 있었습니다.

그런 다솔이 열어준 '번개'는 함께 글을 쓰는 모임이었습니다. 셋, 넷의 적은 인원이 모여 하나의 주제를 골라 한 시간 동안 활자를 만들어 내는 방식이었지요. 저는 그렇게 고요한 침묵을 견디며 창작의 고통으로 낳은 다솔의 글을 처음 만나 보았습니다. 모임의 분위기를 주도하고 사람들을 이끄는 것은 많은 에너지를 수반하는 일입니다. 앞장서서 그 모든 일을 씩씩하게 해내는 다솔이 제 눈앞에 있었다면, 깊고 고요하게 움츠려 현명하게 행동하는 다솔이 글 앞에 있었습니다. 저는 다솔의 그런 모순됨을 많이 애정하게 되었습니다.

인터뷰의 회차가 거듭될수록 기대하지 못했던 다솔을 자주 만났습니다. 기쁨이기만 한 줄 알았던 다솔은 슬픔을 이해하는 사람이었습니다. 스스로는 그 감정을 잘 모른다 뱉어놓기도 했지만, 인간의 비언어적 표현은 때론 더 강력한 방식으로 언어를 뛰어넘기도 하니까요. 한 사람의 인생에 밀물처럼 밀려드는 슬픔의 본질을 다솔은 눈빛으로, 표정으로, 행동으로 이해하고 헤아렸습니다. 그리곤 이내 다정하게, 다시 기쁘게 살아보자고 이야기해 주었습니다.

저는 다솔보다 1년 일찍 태어났습니다. 한국 사회에서 나이는 관계를 설정하는 언어의 힘이 있지만, 다솔과의 관계에서는 조금 달랐던 것 같습니다. 다솔은 저보다 다양하고 능동적인 경험을 많이 했습니다. 다솔은 일터를 '놀이터'라고 정의하는 사람이지만 즐겁게 놀러만 다녀서 놀이터가 아니라, 일터에서도 놀이하는 마음으로 즐겁게 일할 수 있도록, 출근하고 싶은 회사를 만들고 싶어 하는 사람입니다. 지금은 엔터테인먼트 회사에서 조직문화 만드는 일을 하고 있는데 벌써 다섯 번째 일터랍니다. 첫 직장은 최저임금을 받으면서 광고 에이전시 인턴으로 시작해서 이후에 전시기획팀부터 페스티벌 회사까지 거쳤습니다. 페스티벌 회사에서는 콘텐츠 기획을 하는 PD로 일했는데 그 시간에 만난 인연들로 이후 벤처 회사에 함께 합류하기도 했고요. 다솔은 그 모든 일을 기쁨과 유희로 밀도 있게 고민하며 발전해왔습니다.

인터뷰를 해오는 동안 제 삶에도 극적인 일들이 많이 생겼습니다. 인생 첫 독립을 했고 일터를 바꾸었습니다. 4년 6개월간 다녔던 저의 첫 직장은 뷰티 회사였습니다. 사람을 아름답게 만들고 싶다는 미션을 가슴에 품고 화장품을 팔았습니다. 되고 싶은 나의 겉모습을 그리는 일은 꽤 많은 자신감을 주었습니다. 그러나 그 모습이 건강한 자존감으로 이어지지는 않았습니다. 그래서 다솔과 처음 만났던 독서모임 커뮤니티로 이직을 결심했습니다. 내 생각을 조리 있게 말하고, 남의 생각을 왜곡 없이 듣는 트레바리의 독서모임 문화. 그 속에서 건강한 생각과 마음을 많이 만났거든요. 그래서 그 아름다운 사람들을 더 많이 알리고 싶었습니다.

스타트업에 이직해 보니 어떠냐는 주변인의 질문을 참 많이 받았습니다. 보통 낭만이라는 답을 기대하고 물어보시곤 하는데, 아쉽게도 저는 낭만보단 생존이라고 답했습니다. 그로부터 다시 8개월이 흘렀습니다. 그리고 마침내 행복했습니다. 보통 동화는 이렇게 끝이 나는 것 같습니다만, 저는 다시 퇴사를 하게 되었습니다. 대기업을 퇴사하고 스타트업으로 넘어오면서 부모님을 설득하는 과정이 쉽지 않았던 만큼 채 1년도 채우지 못하고 이 회사를 그만두는 것이 맞을지 많은 고민이 있었습니다.

인간 명지연 안에는 다양한 욕망이 있을 겁니다. 거기엔 '회사 인간'으로서 해결할 수 있는 욕망과 그렇지 않은 욕망이 함께 있겠지요. 어떤 욕망은 그 안에서 드러내기엔 너무 소중하고 부서지기 쉬워서 차마 다 말하지 못하고 아껴 두었습니다. 이제 그 욕망을 향해 조심스레 다음 스텝을 밟습니다. 그러나 의미 있는 아름다움을 알리고 싶다는 제 마음은 여전합니다. 아니, 어쩌면 그 마음은 이전보다 더 커졌습니다. 5년이 조금 넘는 시간 동안 개인의 외면과 내면을 가꾸는 아름다움에 초점을 맞춘 마케터로 살았다면, 이제는 세상을 더 아름답게 만들고 싶다는 꿈을 위해 제 부족한 인생을 사용하고 싶습니다.

서른한 해를 지나오는 동안 저는 제가 사랑하는 것들을 저보다 우선순위에 자주 놓았습니다. 한때는 연인이었고 자주 가족이었고 근래엔 온전히 회사였습니다. 제가 사랑하고 저를 사랑해 주는 것들의 기대에 부응하는 삶을 살면서 정작 저 자신은 자주 2순위로 미뤄졌습니다. 그 모든 순간에 힘을 준 이가 다솔입니다. 선택에 대한 책임의 무게에 버거워 휘청거릴 때마다 다솔은 슬픔보다 기쁨으로, 걱정보단 기대로 저 자신이 다시 1순위가 될 수 있도록 도와주었습니다.

다솔을 인터뷰했던 내용 중 디제잉 하는 마음에 대해 나눈 적이 있었습니다. 직장 생활을 하면서 이렇게 즐거운 일이 있어도 되나 싶게 큰 즐거움으로 디제잉을 배우고 있단 이야기를 들었지요. 참 다솔스러운 답변이라고 생각했는데 글을 쓰는 기간 내내 그 말을 빌려 쓰고 싶었습니다. 다솔을 인터뷰하고 그것을 글로 써 내려가는 시간은 이렇게 즐거워도 되나 싶은 죄책감을 느낄 정도로 제게 깊은 유희였습니다. 그 기쁨으로 다시 하루씩 살아 여기까지 올 수 있었습니다.

사계절을 지나는 동안 제게 기쁨의 씨앗이 되어준 다솔. 그런 다솔이 슬퍼하는 날엔 위로가 되겠다고 저에게 약속합니다. 약할 땐 함께 힘을 합치자고. 그럼 우리는 힘이 세진다고 다솔의 말을 제 것처럼 빌어, 으쓱이면서요.

남몰래 후기

솔 쓺

여행지에 가면 꼭 그 도시의 서점을 방문합니다. 서점 책장에 꽂힌 수만 권의 책들을 손으로 훑으며 이 멋진 책들 사이에 내가 쓴 책이 꽂혀있는 상상을 몇 번이고 했습니다. 글을 쓰는 일을 하게 된 지 6년, 블로그를 운영한 지는 10년이 되었습니다. 그 시간 내내 글쓰기를 짝사랑 해왔으면서 '과연 내가 책을 낼 깜냥이 되는가'에 대한 의심이 멈추지 않았습니다. 이런 저에게 용기를 심어준 사람이 지연이었습니다. 1년 전, 지연이 저에게 책을 같이 쓰자고 한 날 저는 그 이유를 물었고 돌아온 답변은 "그냥 해보고 싶어서요"였습니다. 그 말이 귀에 계속 맴돌아 자연스레 지연과 책을 준비하게 되었습니다.

인터뷰란 인터뷰어가 드러날 필요가 없다고 생각했습니다. <오프라 윈프리 쇼>나 <유퀴즈 온 더 블럭>처럼 아주 빼어난 진행 능력을 갖춘 진행자의 쇼가 아닌 이상이요. 그런데 지연과 나눈 인터뷰에서는 지연에게 질문을 하며 나를 생각하고, 나를 생각하면서 다시 지연에게 질문을 했습니다. 그래서 인터뷰 안에는 지연을 통해 보는 나와, 나를 통해 보는 지연이 교차하며 그 안에 투영되는 인터뷰어 김다솔이 자연스레 드러났습니다. 이슬아 씨의 <깨끗한 존경> 책에서는 이런 이야기가 나옵니다. '인터뷰(interview)'란

inter(상호) + view(보다)라는 뜻으로 서로를 지켜보는 것, 간을 보는 과정이라고요. 지연이 늦은 밤 우리 집 소파에 앉아 꼬리에 꼬리를 무는 저의 질문에 답하느라 집에 가지도 못하고 "이 면접 어렵네요"라며 고개를 젓던 날이 생각납니다. 전 빼어난 진행자는 아니었지만, 지연의 1순위들을 찾기 위해 끝없는 질문들을 지연에게 던졌고, 질문하는 저도 대답하는 지연도 모두 모르고 있던 우리의 1순위들을 찾아가는 긴 작업을 했습니다. 어렵지만 즐거운 과정이었습니다. 이 글에는 모두 담지 못했지만 지연과 정말 좋은 대화들을 나누었습니다.

저는 MBTI로 분류해보면 E형의 외향성 인간입니다. 그것도 E의 성향은 유독 '매우 분명'이라고 결과지에 나옵니다. 20여 명의 사람이 모이는 독서모임을 진행하는 것이 어렵지 않고, 회사 내에서는 여러 사람을 만나 조직문화를 만들고 싶은 사람입니다. 비교적 적은 마음의 노력으로도 사람들에게 편하게 다가가는 편입니다. 이 직무가 성격에도 잘 맞습니다.

그런데 동시에 이 일을 시작한 후로 들어 본 가장 기억에 남는 평가가 '오지랖이 없다'였습니다. '다솔님은 되게 따뜻해 보이는데 잘 보면 남한테 별로 관심이 없네요'라는 이야기를 꽤 자주 듣는 편이거든요. 많은 사람을 만나 넘치는 이야기들을 나누기 때문인지 오고 가며 휘발되는 말 한마디에 마음을 눌러 담지 않고 한 귀로 흘리는 편입니다. 그래야 더 많은 이야기를 들을 수 있는 에너지를 비축할 수 있습니다. 넘치는 말들에 모두 관심을 두고 들여다보는 날에는 에너지를 많이 써서 몸이 망가지기도 합니다. 감정 기복이 오르락내리락하는 걸 싫어해서 늘 주위 사람들을 동일한 텐션으로 균형 있게 대하고 싶습니다. 서른 정도 되니 새로운 친구들을 사귀는 일에도 이전보다 관심이 없어졌습니다. 그래서 저에겐 10단계 성에 있는 사람들이 아주 소중합니다. 저를 잘 알고 오래도록 지켜봐 준 친구들과 코어 감정들을 잘 다져두어야 처음 보는 사람에게도 오지랖 부리지 않고 친절하게 대할 수 있거든요. 제 나름의 균형을 지키는 방법이기도 합니다.

그런 제 오지랖의 자리를 새로이 꿰차고 들어온 사람이 지연입니다. 지연과 몇 개월에 걸쳐서 인터뷰를 하면서 지연과 제가 같은 선상에 있으면서도 다른 관점들을 가지고 있다는 걸 알게 됐습니다. 연애 초반에 서로의 공통점과 차이점을 탐색하듯이 그 점들을 알아보는 재미가 있었습니다. 지연이 읽었다는 책들을 따라 읽고, 지연이 쓴 글들을 여러 번 읽었습니다. 지연과 나눈 대화들이 일상을 지내다가도 불현듯 떠오르면 지하철이든 걸어가는 중이든 메모장에 꼭 붙잡아두곤 했습니다. 인터뷰 주제를 찾기 위해 지연의 유튜브를 정주행하기도 하고 인스타그램을 훔쳐보며 그녀가 일터에서 어떤 일을 하는지 궁금해했습니다. 도통 남에게 오지랖 없는 제가 빈지노, 장기하 다음으로 누군가를 덕질하게 된 거죠. 마지막 인터뷰 즈음에는 저는 카페에서 따뜻한 얼그레이 티를 시키고 지연은 진한 레드 와인 한 잔을 시키는 사람이 되었습니다. 1년 전엔 겨울에도 카페에서 아이스 아메리카노를 시키는 다솔이자 알콜은 멀리하는 지연이었는데 말이죠.

여전히 지연에게 오지랖 부릴 생각은 없지만, 지연에게 제 마음속 성에 방을 하나 내어주기로 했습니다. 타인의 슬픔을 궁금해하고 마주하는 사람. 심지가 올곧은 사람. 자기의 마음 알기를 우습게 알지 않는 사람. 그만큼 타인의 마음 알기도 우습게 하지 않는 사람. 나의 오지랖 없음과 근자감, 스스로 너무 오만한 것은 아닐지 의심하는 지점마다 지연은 꾸준히 저를 존중해주었습니다. 그 와중에 선을 넘지 않는 배려심도 함께 보여주었습니다. 전지연의 그 점들을 존경하였습니다. 지연과 힘을 합쳐서 글을 쓰고 나면 다음엔 좀 더 솔직한 나를 글에서 만날 수 있을 거란 기대가 생겼습니다.

지연의 글을 통해서만 만날 수 있던 '기쁨이' 다솔을 좋아했습니다. 그 배경에는 저를 향했던 지연의 애정이 있었을 것입니다. 기쁨이 다솔은 진짜 김다솔보다도 강하고 용기 있고 밝은 사람이었습니다. 그 기쁨이 다솔을 마음에 품고 강하고 용기 있고 밝게 인생을 살려고 합니다.

처음 서로의 글을 교환하기 위해 주고받은 이메일 주소에 지연의 아이디는 soulikeyou였고, 제 아이디는 solloveyou 임을 알고는 어이가 없어 피식하고 웃은 기억이 납니다. 아마 그때 이 책이 어떻게 나오든지 인터뷰를 하는 그 과정에서 이미 재미를 찾을 거라고 확신했습니다. 마지막 인터뷰를 한 날 노트를 덮으며 지연은 말했습니다. '다솔님, 우리 앞으로도 계속 같이 글 써요' 기차처럼 직진하는 지연의 말에 저는 꼼짝없이 '알겠다'라고 답했습니다.

솔과 멍의 독후감

찰스 디킨스 〈두 도시 이야기〉

솔   읽을 땐 어려운 소설이었지만 지연의 후기를 듣고 이해하게 된 소설입니다. 비정상이면 비정상으로 사는 게 정상인데, 사람들은 끝없이 정상인 척 살아가죠.

멍   선과 악의 이분법이 없는 인물들을 보는 재미가 쏠쏠합니다. 나는 어떤 인물에 가장 몰입해서 읽었는지 되새김질하면서 나란 인간을 뜯어보는 재미도 쏠쏠합니다. 프랑스와 영국의 시민혁명 시기를 다룬 역사소설입니다.

제현주 〈일하는 마음〉

솔   저자의 일에 대한 치열한 애정과 동시에 겸손함이 좋았습니다. 일에서의 본인 경력을 3가지 챕터로 분류한 것도 재밌었습니다. 책에는 "좋은 것과 나쁜 것은 언제나 함께 온다. 그 중 무엇을 중심으로 내 과거를 이야기로 엮을지는 내 선택이다."라는 구절이 나옵니다. 일이든, 인생이든 좋은 것과 나쁜 것은 언제나 함께 온다는 것을 알면 인생의 기복이란 파도를 대할 때 좀 더 안전한 구명조끼를 차고 있을 수 있는 것 같아요.

멍   이직하는 마음에 큰 도움을 준 책입니다. 인생에서 일이 차지하는 비중이 높은 분들에게 권하고 싶습니다. 좋은 선택을 할 수 있도록 도움을 줄 거예요!

장기하 〈상관없는 거 아닌가?〉

솔   몹시 사랑하는 뮤지션 장기하 씨의 첫 작가 데뷔작입니다. 그가 책 속에서 본인의 모순을 인정하는 순간들을 굉장히 좋아했습니다. 사람이든 일이든 어떠한 대상을 열렬히 사랑하는 경험을 해본 사람의 겸허함이 느껴지는 구절이 많이 보이는 책이어서 참 좋았습니다. 나오자마자 사서 맨 앞 장엔 장기하 씨의 친필 사인도 있습니다! 하하!

멍   〈사람의 마음〉이라는 장기하 씨의 곡을 좋아합니다. 그것 외에는 제게 장기하 씨에 대한 어떠한 정보도 없이 읽기 시작한 책이었습니다.

주황색의 형광빛 책 표지가 예뻤거든요. 책을 읽고 장기하 씨를 애정하게 되었습니다. 담백한 문장들 사이에 그려지는 숱한 밤들. 그 괴로움을 적당히 중간 생략할 줄 아는 그래서 매력 있게 읽혔습니다. 사고의 흐름에 집착이 없는 그를 닮고 싶습니다.

양귀자 〈모순〉

솔   2020년도의 나를 있게 한 책. 소설 장르의 위대함을 알게 한 책. 주인공 안진진의 처절한 현실과 그것들을 부수고 또 받아들이는 과정 자체가 가슴을 쓸어내리게 합니다.

명   다솔님이 제게 가장 좋아하는 책이라며 필독서로 지정을 해 주어 읽었습니다. 연애 이야기인 줄 알았는데 사랑 이야기였고, 남녀 간의 사랑 이야기인 줄 알았는데 형제간의, 부모 간의, 부부간의, 그렇게 삶 전체에 대한 사랑 이야기였습니다. 그래서 많이 애틋하고 짠한 인생 책이었습니다.

오후 〈우리는 마약을 모른다〉

솔 여러분, 마약이 술과 알코올보다 중독성이 낮은 거 알고 계신가요?

멍 알코올과 카페인도 힘들어하는 제게는 사돈의 8촌 같은 책이었습니다만, 독서모임에서 나누었던 대화를 좋아했습니다. 이 책을 누군가에게 선물하고 그의 반응을 보는 재미가 있지 않을까 합니다. 읽기도 전에 버럭 화부터 낸다면…

강형식&서늘한 여름밤 〈제 마음도 괜찮아질까요?〉

솔 심리 상담에 대한 사람들의 편견을 깨워주고 차근차근 알려주는 책입니다. 특히 서늘한 여름밤 씨가 그린 만화 부분들을 참 좋아합니다.

멍 저는 인간이라면 누구나 인생에 심리 상담이 한 번 이상 필요하다고 생각하는 사람입니다. 그리고 그 과정을 너무 아프고 슬프기 전에 호기심과 즐거움으로 경험해 볼 수 있길 바라는 소망이 있기도 합니다. "혹시 나도 심리 상담이 필요할까?" 생각하는 분들께 권해보고 싶은 책입니다. 심리 상담 프로세스를 아주 이해하기 쉽게 풀어주었거든요.

• 나의 1순위를 찾는 10문 10답 •

Q. 아래 10가지 개념을 나만의 언어로
한 문장으로 만들어 주세요.

독서 :

사랑 :

우정 :

글 :

SNS :

취향 :

취미 :

균형 :

일 :

독립 :

Q. 아래 10개 밑줄을 떠오르는 생각대로
문장 완성을 해 주세요.

1. 나는 하루를 시작할 때, _____

2. 정오가 되면, _____

3. 잠을 자야 할 때는, _____

4. 책을 읽는 순간은, _____

5. 나에게 유희는, _____

6. 내가 요즘 가장 만족했던 것은, _____

7. 사람들을 만나면 나는, _____

8. 혼자 여행을 한다는 것은, _____

9. 죽는 날 마지막으로 하고 싶은 말은,

_____

10. 우리는 서로에게, _____

나는 나의 1순위

초판 1쇄 인쇄 2022년 1월 6일
초판 1쇄 발행 2022년 1월 11일

지은이 김다솔 명지연
펴낸이 김동혁
펴낸곳 강한별 출판사

책임편집 이우림
일러스트 문채리/김다솔 명지연
디자인   방하림
기획팀   서가인

출판등록 2019년 8월 19일 제406-2019-000089호
주소 경기도 파주시 탄현면 헤이리마을길 21-7, 3층
대표전화 010-7566-1768 **팩스** 031-8048-4817
이메일 good1768@naver.com

ⓒ 김다솔 명지연, 2022

ISBN 979-11-974725-7-2 (03810)
· 책 값은 뒤표지에 있습니다.
· 파본 도서는 구입하신 서점에서 교환해 드립니다.
· 이 책의 일부 또는 전부를 재사용하려면
  반드시 강한별 출판사의 동의를 얻어야 합니다.